記者在現場

中央通訊社 著

目錄

輯二　走出自信

輯三　因理想而勇敢

記者在現場，好樣的！

公視董事長 胡元輝

記者可以不在事件現場嗎？

類比時代，「記者在現場」被認為是傳統新聞工作者的重要準則，新聞工作者不在現場就好像廚師不在廚房，律師不在法院一樣，會讓新聞工作者感到渾身不自在。所以，早期的新聞工作者會說：記者不在現場，要在哪裡？

時序轉入數位時代之後，「記者在現場」似乎不再是重要的工作準則。原因之一在於網路世界已是人們重要的活動場域，不僅許多人為之投入大量時間，而且虛實之間的界線亦日漸消弭。一旦網路世界成為大眾不可須臾或離的生活世界，新

聞工作者焉能不賦予高度的關注。

　　但是，數位生活的開展並非新聞工作者棄實體現場於不顧的唯一因素，不少新聞工作者流連網路世界的原因猶在於獲取報導題材的利便。網路世界題材豐富、取得快捷，記者不必耗費太多時間即可找到新聞素材，又何必在實體現場「餐風露宿」。特別是在職場環境益趨惡劣的今天，新聞工作者往往承擔超量工作負荷，到網路世界找題材自然成為最方便的「採訪行為」。

　　令人痛心者，有的新聞媒體根本忘了「記者在現場」的目的是為了「求真」，希望將第一手觀察到的「真實」傳達給閱聽人。即使是「數位現場」，也必須是真實存在、真實發生的現場，而不是自我編造、自我導演的現場。不幸，有些新聞工作者隨便抄抄寫寫，任意捕風捉影，甚至將自己編造的網路內容變成一則則的新聞報導。

　　其實，傳統的新聞記者也不見得都要到事件現場才能挖掘好新聞，有的傑出記者就是在資料檔案中找到好材料，甚至因此揭露不為人知的內幕。但是，「記者在現場」仍然是看見真實、取得線索的重要途徑，除非有其困難，第一手的觀察仍較

第二手的資料來得直接與可信。「記者在現場」強調的是精神而非結果，著重的是行動而非言說。

中央通訊社的優秀新聞工作者雖然不斷與時俱進，開展數位化的新做法、新實驗，但他們仍然堅持記者應該在現場的信念，為閱聽眾傳遞第一手的觀察所得，見證最鮮活的社會脈動。因此，即使疫情當頭，我們仍然可以看到他們馳騁在全球的新聞現場，傳真人類的奮鬥篇章。

無論是華沙機場的繚繞琴音，或是笙歌不輟的柏林愛樂廳；無論是排灣族勇士查馬克對古謠傳唱隊的堅持，或是阿美族歌手阿洛對島嶼民族的不捨追尋；無論是雕塑家黃土水作品《甘露水》的修復現身，或是香港反送中運動中明知不可為而為之的抗爭。若非「記者在現場」，我們無法得知這些動人的生命故事與文化創新；若非「記者在現場」，疫情將是我們唯一的記憶，消沉將是歷史鮮明的刻痕！

不用懷疑，好記者當然要在現場！

在文字間看見新聞的靈魂

台灣大學新聞研究所教授　林照真

　　因為COVID-19疫情，記者的角色與報導，再次受到關注。

　　疫情危機發生後，社群媒體充斥太多真假難辨的訊息。人們不堪假新聞騷擾，回頭接觸傳統新聞媒體，希望看到真實性較高的新聞。記者長期扮演提供新聞真實的報導者角色，終於能有扳回頹勢的機會。

　　然而，新聞媒體如何振衰起敝，發揮更大的新聞力量，是目前最艱辛的挑戰。一則則強調真實的報導內容，未必能帶來流量；淹沒在資訊爆炸狼藉現場的優良報導，卻是公民社會資

訊暢通的支柱。如今，集結新聞報導出版書籍，讓資訊突顯不同的層次感，尤其展現印刷文字的魅力。

這次中央社以新聞組織名義，為新聞記者出書，試圖為讀者提供全球的觀察視角。然而，無形中也透露，台灣的新聞出版環境，已較過去困難許多。

遙想當年，記者出書幾乎是新聞界的常態。報社幾個同事和我自己，總習慣以書籍出版，來交代新聞記者長期的現場觀察。社會大眾也認為可以在記者出版的書籍中，看到歷史的縱深、事件的廣度。

在本書中，中央社駐外記者們同樣用他們的文字，記錄COVID-19疫情對人類生活、文化的影響。閱讀書中一篇篇的報導，新聞場景在國際線上奔馳，讀來印象深刻；就像書中報導說的，藝術家、音樂家需要舞台，讓民眾認識他們。同樣，新聞記者也需要舞台，除了出版外，更需要在社會的大舞台上，讓大家不斷聽到新聞的聲音。

這本書的書寫方式，是我最熟悉、也最享受的新聞寫作方式。新聞記者的文字一點也不華麗，從不追求舞文弄墨；雖可言情，卻非以言情為主。新聞記者總能設法用白話的文字，讓

最多數的讀者形成共鳴。文字間流露不同記者觀察到的現象，反映的卻是社群間的不同觀點。如同本書報導提到的，多數人把海洋視為陸地的終點；但對傍海為生的原住民族來說，卻是生命的起點。

反映多元觀點是新聞記者的使命，這件事比什麼都重要。

首先，新聞記者佇候的地方不同。只有新聞記者有機會，出現在一般人無法參與的新聞現場，見證事實發生的經過。一如本書中，從國際麵包比賽的動態現場，到百年台灣文化協會深沉的反省，都有新聞記者的影子。新聞記者報導正在發生的新聞，見證歷史，新聞的靈魂隱藏在文字間。

其次，新聞題材與新聞發現，都來自新聞記者的直覺。這種新聞能力很難說得清，卻是新聞記者與讀者共通的語言。直覺讓記者體認值得記錄的人與事，經過記者的報導與詮釋，新聞更加開朗剔透。

即使新聞報導有其共通性，微妙的是，新聞記者個人卻是各具特色。不同的名字，代表不同個人的觀察與努力，即使當今傳統媒體、網路媒體的報導川流不止時，好記者的名字依然值得記住。他們的報導，在疫情、戰爭等危機發生時，仍是真

實落腳的線索。

　　在社群媒體奔放的數位時代，我仍然可以在茫茫字海中，辨識出新聞記者的書寫。因為新聞記者的文字，始終有傳遞資訊的真心。

　　那是新聞工作者的靈魂，不會賣弄，並可於文字間清楚看見。

擁有信念的小王子

中央社董事長　劉克襄

這顆星球一年比一年轉得快，規則卻沒改！
——《小王子》1943

　　追求新聞本質的真實，相信是不少人開始擔任記者時，最常聆聽到的天條。認真的記者朝這個方向努力，很容易做到，但也不容易。

　　原因不只在個人是否如實的書寫，有時許多當事者的複雜因素，導致在某一事件的拿捏上，不得不以道德把關，因而筆下留情了。

　　這是我初入行時，幾位跑社會組的同學，在聊天時最大的

感慨，但也隱隱感受到他們的自傲。

有時，記者是這樣良心掙扎的文字工作者。歷史見證人，或者時代記錄者，這樣的稱呼，或許都高估了記者的頭銜。他只是面對一樁本質的工作，完成自己的日常義務。只是難能可貴的，他還擁有社會責任。一則新聞的描寫，有時不一定是來自主管的期望或要求，而是自我先篩濾了。

究其因，記者並不是躲在匿名的身分背後，任意地報導，而是必須仔細求證論述，考量自己的職業尊嚴，為每一篇文章上自己的名字負責。因而，我比較相信恩師歐陽醇告知的，當你的名字印在發生的新聞之前，其實就是告訴你，在肩負一個神聖的文字使命。你不只在描述一個發生於現場的故事，你也在敘述一個社會的趨勢樣貌。

記者撰寫新聞稿件，定時提供新聞訊息，一如江河日夜不斷奔流，但總有彎曲靜緩的那一小區。那是記者報導最為從容、婉約的時候。許多美善的故事，常在彼時孕育而生。

好的新聞報導一如好的文學創作。新聞報導努力用淺顯、精準的語言，將現場的事件清楚表述，不會帶有太多個人的意識和情緒。有些類型的描寫，還因翔實生動，呈現溫暖而強大

的共鳴。在網路時代，媒體工具運用多元時，新聞報導因切入角度不俗，更因為公正客觀先行，往往愈加廣泛流傳。

你不只看到一則社會當下的生活片段，也隱隱在那裡看到記者觀看世界的溫度。在閱讀自己同仁撰寫的報導時，這樣彷彿水流打個轉，再流出去的文類裡，我總會多停留一些時候。閱讀他們稍微放緩速度的書寫心思，也樂於分享於臉書。

這回更不同了，我分享的不再是一則則新聞報導，而是一整本，多樣面向，追求生活價值的結集，甚而有摸索未來的遠見和堅持。各國的藝文風俗，台灣的軟實力，又或因信念而長大，因理想而勇敢的各種人物的故事，在不同的章節綻放光芒。

不論遙遠的他方，或者近在眼前的事，記者們不僅竭心地，跟受訪者交流，報導某一精彩的家園狀態。基於專業和責任，他也擁有自己的信念，自己的星球。

記者們或許是無冕王，但這樣誠摯時，也是小王子。

輯
一

鏡頭外
世界運行

那不經意聽見的樂音

文、攝影／趙靜瑜

　　跑線多年，十之八九總在音樂殿堂內打轉。有時是工作需要，有時是獵奇嘗鮮，柏林愛樂廳內葡萄園式音響，粒粒分明；如黃金般壯闊雄偉的維也納歌劇院，代表了音樂之都的燦爛輝煌；紐約卡內基音樂廳的優雅細緻，那是音樂家爭相踏上的舞台。

　　廳內的音樂會總有一定情調，音樂家如果不是熟知的，也一定挺有專精；如果在國內，來的樂迷肯定有幾張熟面孔，在中場休息時點頭寒暄社交。廳內如往常般入座，燈暗幕啟，靜心聆賞，不意外地，那些天籟之音偶會像支箭直穿心中暗處，或突然喉頭會哽咽了一下，或淚水突然迷濛雙眼。放空回神之時，音樂會已經結束，心緒若更激越則起立鼓掌，大呼安可，

然後帶著滿足的微笑離場。

這些安排好的音樂固然美麗，但有時那偶然出現不經意的樂音，更讓人印象深刻，就像公共鋼琴帶來的音樂偶遇。

華沙蕭邦國際機場琴音流瀉　舒緩旅人情緒

波蘭華沙在以音樂家蕭邦為名的國際機場離境大廳，設立了「蕭邦音樂現場（CHOPIN Music Spot）」的立牌，旁邊則放置了一台史坦威鋼琴家族之一的波士頓鋼琴，希望讓旅客出發離境之前可以演奏這架公共鋼琴放鬆一下。在這裡，人們可以聽音樂，也可以為他人表演。

旁邊圍繞一圈旅客，行李先擺在地上，琴音當然不比音樂廳內的晶瑩剔透，但旅人如我則因音樂神情輕鬆了起來，演罷拍手鼓勵毫不吝嗇，而我只駐足聆聽了幾分鐘，還來不及拍下演奏的畫面，但看到機場沒有放賓士或是特斯拉等名車展售而放了一台鋼琴感到欣喜，一查之下，原來華沙蕭邦國際機場也是蕭邦國際鋼琴大賽（International Chopin Piano Competition）的合作夥伴。

「蕭邦音樂現場」對機場來說，是一個鮮明的印記，蕭邦的音樂在世界各地廣為人知，作為蕭邦的祖國，以蕭邦為名的機場，他們認為這是全世界獨一無二的聯繫，希望也透過琴音，讓機場與旅客距離不再遙遠。

　　2017年在波蘭採訪，大包小包辦好登機手續正準備離境時，就是看見了「蕭邦音樂現場」立牌，那一霎那，真像是華沙這座城市用音樂伸出雙手發出的貼心叮嚀，提醒著我不可以忘記蕭邦，忘記華沙。

「蕭邦音樂現場（CHOPIN Music Spot）」
的立牌像是在向旅客發出貼心小叮嚀，不要
忘記蕭邦，不要忘記華沙。

十二台公共鋼琴　型塑里茲音樂之城風貌

公共鋼琴也可以是一座城市的識別系統，就像以國際鋼琴大賽聞名的英國里茲（Leeds），這座城市從過去是羊毛、紡織物產集散中心演變至今成為音樂重鎮，里茲也以「Piano+」這個富有想像力的城市升級計畫，讓鋼琴音樂深植社區與年輕族群，也讓整座城市充滿鋼琴美麗琴音。

因為里茲國際鋼琴大賽（Leeds International Piano Competition），才認識了這座小城。里茲國際鋼琴大賽是世界上最重要的音樂大賽之一，自1963年舉辦第一屆比賽以來至今，持續吸引世界上最優秀的年輕鋼琴家前來一戰，比賽獲獎得主不但有獎金，更重要的還有未來音樂會的安排以及經紀人等相關協助。

2018年起在里茲國際鋼琴大賽舉辦期間，大賽主辦單位在里茲車站、里茲玉米交易所、里茲大學和中央廣場等十二處放置了公共鋼琴，讓經過的人都可以去演出。至今比賽落幕，鋼琴依舊還放在這些場地。

英國第二大鐵路運營商北方運輸（Northern）後來還在里

茲車站擺設了新的鋼琴，因為之前的鋼琴被破壞，讓許多旅客不捨，於是北方運輸上臉書尋求替代鋼琴，最後由鋼琴商貝斯布羅德·皮亞諾斯（Besbrode Pianos）慨然捐贈一台翻新的學校用鋼琴，他們希望這台鋼琴可以繼續發揮功能，讓更多正在嶄露頭角的年輕鋼琴家來這裡演奏，也為其他人帶來樂趣。

第二度造訪里茲，就在晚餐過後走出餐廳，看見一個小女孩正在公共鋼琴前演奏，父親則在後面陪伴，那個不經意聽見的樂音根本不知道是什麼，但看見的畫面對我來說非常溫馨美好，對這些鋼琴總是默默但持續帶給一座城市更大的創造力與藝術力，感到無比喜悅。

聽音尋路　衛武營裡的音樂指南針

除此之外，公共鋼琴也可以是場音樂家與非音樂家的集體創作，好比衛武營國家藝術文化中心的公共鋼琴。衛武營的公共鋼琴位於場館的榕樹廣場，這架鋼琴在衛武營籌備期就已經購入，沒想到從籌備到蓋好超過十五年，原本已經準備退役，但因仍可正常使用，經過營運團隊討論，決定放在榕樹廣場，

讓更多人分享使用。

　　不少來衛武營演出的音樂家如鋼琴大師烏果斯基、鹿特丹愛樂管絃樂團首席指揮拉哈夫‧沙尼都來一彈；雙鋼琴小鮮肉演奏家盧卡斯及亞瑟‧尤森還在公共鋼琴前演奏快閃，讓許多圍觀民眾聽得過癮。

　　也因為有了這架鋼琴，時不時會有音樂好手或素人在此尬琴藝，吸引民眾駐足聆聽，前不久一位素人阿伯演奏「再會康橋」、「女人花」等影片被上傳社群媒體，精湛琴藝讓許多網友驚嘆，果然高手在民間。

　　由於園區占地廣大，公共鋼琴也成了我這種外來人的指南針。有時候去看表演匆匆從捷運站走出，一個不

英國里茲市區內共有十二台公共鋼琴，除了讓民眾演奏，也讓音樂學院的學子出來練膽量。

小心方向搞混，幾乎可以讓我走到鐵腿，但彷彿旅美作曲家譚盾應波士頓交響樂團與大提琴家馬友友委約創作的《地圖》，講的是譚盾家鄉小調，聽音尋路，我也從琴音傳來的方位，找到了我該去的廳院。

電影《阿甘正傳》裡面說：「人生就像一盒巧克力，你永遠不知道你會吃到什麼口味。」我也要說，人生就像廳內與廳外的音樂，循序安排好的固然不可錯過，但有時那偶然出現不經意的樂音，或許更讓人印象深刻。下次經過公共鋼琴，不妨停留一下，感受公共鋼琴帶來的意外驚喜。

越南摩托車三十走過
三十出頭的我恰好路過

文、攝影／陳家倫

滿街跑的摩托車是越南的城市形象，縱然台灣也有類似風景，但他鄉異國的濾鏡之下，難免多了幾分忐忑。決定外派越南時，收到的關心加上耳提面命，相較派往其他駐地的「同梯」，還多了句「越南人騎車很猛，過馬路要小心！」

駐外的首要任務是「活下來」，接著才是跑新聞。想在越南生存，學習如何過馬路是生活必須。河內騎士的車速其實不快，但頻密的車陣委實難以穿越，就算紅燈亮起，還是會有數十輛繼續搶過，如同活蹦亂跳的魚群。

摩托車行動報時　花式乘載藏智慧

越南2018年擁有九千五百多萬人口、五千八百萬輛摩托車。2019年上半季，摩托車數量居全球第四，僅次於印度、中國、印尼。因為摩托車使用者多，成交量自是驚人，每天達八千三百輛，位居世界第一，畢竟大眾運輸系統缺乏，87%的人只好每天以摩托車代步。

身處這樣一個「摩托車王國」，外國人一開始不免常常卡在路中間，眾目睽睽下的緊張與不知所措，眼前畫面猶如定格，細看一輛輛摩托車，宛如刻劃著人類皮膚紋路和肌理，極富生命力。

那畫面曾是一對情侶與摩托車計程車司機三貼呼嘯而過；也曾是一名騎士載著五十多個保麗龍盒，似一座行動冰山在熱帶國度奔流。日復一日看著摩托車功能毫無極限地延展，這是駐越生活的樂趣。

摩托車「花式乘載」的背後，藏著智慧與易感的心，想想看，在摩托車上堆疊五十多個保麗龍盒還得綑牢，不就是一道物理題；選擇三貼出行的情侶，女生沒有坐在中間確保安全，

①摩托車在越南常被當
　成貨車，功能不受
　局限。
②騎士可以載著堆疊至
　三公尺高的五十多個
　保麗龍盒，宛如一座
　行動冰山。
③二公尺的柚子樹也能
　用摩托車載回家。

反而是坐在最後面緊抱男友，戀人之間的小心思表露無遺。

不僅於此，摩托車也是行動報時的LED。到了2月，越南人騎摩托車載著桃花、金桔，甚至兩公尺高的柚子樹，再再提醒「農曆年將近」；近了3月，摩托車載著大包小包，原來工人又回到都市準備上工。

從個人地位到經濟發展　摩托車與越南關係緊密

對大多越南家庭而言，購置全新摩托車是筆為數不小的支出。越南2020年人均月收入約一百八十一美元（新台幣約五千二百元），普通檔車一輛大約新台幣二萬五千元，自排摩托車價格則為二倍，要價五萬元出頭。

也正因此，特別容易從對方騎乘的摩托車猜到他們的家鄉、背景、職業、年收等社經條件。以大學生族群來說，騎自排摩托車的人通常來自大城市；老家在中部一帶的學生，不分男女，騎的就是檔車。

摩托車也與越南的發展緊緊相依，在經濟增幅年年上看5%的這三十年來，摩托車的地位，從堪比鄉下的一棟房子，

轉為居家必備，數量擴張四十八倍，從1990年的一百二十萬輛到2018年的五千八百萬輛。

這段流變，可渺小存於個人記憶中的三言兩語，也能大到國際市場上的萬千風雲。三十九歲的范武揚在河內修理摩托車十七年，他說九〇年代摩托車屬於有錢人的玩意兒，直到2000年中國製摩托車，以半價橫掃越南市場……。

產品邁向大眾化的其中一招是價格親民，第二訴求才是品質，摩托車在越南的普及走著相同軌跡。范武揚表示，中國製摩托車讓「人人有車騎」，只是故障率也高，而他意外靠著修車，修出一段堪稱風光的日子。

然而在本田（Honda）「回防」推出平價摩托車一較高下後，中國製摩托車被擠出市場，市場板塊運動造就「摩托車王國」，本田迄今獨霸越南八成市占，這樣的情況，也讓南越人將「騎摩托車」表述為──騎Honda。

邁入2020年代，摩托車在越南已走過三十多年，其民間生活圖像之飽滿、充沛，更勝以往。它示範著一股勇於向三十宣示的嗆辣，恰巧遇上三十出頭的我在新聞的旅途中路過，「同齡間」的對望常讓人出神，交換著彼此的邏輯與秩序。

Let's celebrate！
現實功利又親切可愛的美國

文、攝影／林宏翰

「如果台灣也經常有這樣的場合就好了。」

一個普通星期三的中午，跟兩萬多人站在同一塊草皮上，切身感受是歡呼、唱歌、大笑這些行為好像會感染似的，令人暫時忘記了還有病毒在傳染，正面樂觀的能量充滿我的全身，

心裡只有愛與和平。於是我突然有了上面的那個想法。

　　他們在慶祝洛杉磯公羊隊拿下了這屆的美式足球超級盃冠軍。

主角觀眾群情激昂　台灣選舉場子翻版

　　「台灣不是沒有這種場合，選舉造勢不就是這樣？」

　　我心裡的另一個聲音如此的自我對話著。舉目望去，顏色成套的衣服和旗幟充滿視線，人海另一端是像神壇一樣存在的舞台，兩側架起了好幾面的大螢幕。這個畫面給我一種選舉場合的錯覺。在台灣，每隔三、兩年就會出現的集體運動，搭配

群眾一起慶祝洛杉磯公羊隊拿下美式足球超級杯冠軍。

服用高密度的電視新聞與政論節目，動員力不輸美國這邊的職業運動，只是情緒未必是愛與和平。

　　我來自一個幾乎不打美式足球的國度，在美國工作生活三年多，看了棒球和籃球，卻還沒進場去看一場美式足球比賽。抱著了解他們在瘋什麼的心情，這屆超級盃在洛杉磯，賽前賽後我去拜訪了球場周邊的街坊商家，採訪了封王遊行的人們。這幾趟下來，我抱著自己在台灣的過往經驗，好像觸碰到那一點「這真的好美國啊」的靈魂G點。

　　之所以興起「台灣也這樣就好了」的感嘆，或許是這場冠軍遊行中，我體會到美國朋友說的「美國就是一個最懂得慶祝大小事的國家」，懂得找理由把大家團聚在一起。台灣何嘗沒有職棒職籃，冠軍遊行也不是新鮮事，但多年來，球迷的同溫層還有一點厚度需要未來突破。

　　這場遊行我看到不分族群人種的全城大歡聚，包括鬍子頭髮灰白的老人、出生不久的嬰兒、呼朋引伴的年輕人、看似小大人的學生、全家大小三代同堂的家庭組合總動員。除了「我們贏了」這樣的歡樂氣氛，同時伴隨著觀看運動比賽的背後，共享著一種「只要努力就會成功」的典型美國夢心態。

感念Kobe精神　洛城藍領階級工作指標

　　台上的運動明星除了一邊喝酒一邊把香檳噴向群眾，放肆狂歡之餘，輪到他們講話時，也都準備好一番激勵人心的演說。他們一個一個告訴大家，我們贏了，原因是我們設定好目標，朝著目標不顧一切邁進。球星說：「做你所愛，不要聽旁人碎嘴，堅持下去終究會有收穫。」來自台灣，一個勤奮工作不輸美國的國家，我當然熟悉「愛拚才會贏」這種雞湯式的鼓勵，但令我訝異的是，這樣的信念在台上台下形成共鳴，如此值得大肆慶祝。我隨機訪問的一個球迷說，今天出來慶祝拿到冠軍，這是全隊上下努力的成果，只要努力奮鬥一定會成功。

　　在超級盃獲選MVP的Cooper Kupp在台上提到了Kobe Bryant。說是Kobe為這座城市樹立典範，使得洛杉磯成為「最懂得奪冠的城市」。這句話觸動人心之處不在Kobe的豐功偉業，而在Kobe邁向頂尖的付出。英年早逝的Kobe Bryant，就算他私生活也曾出現極為負面新聞，但他在籃球場上樹立的模範，努力再努力的工作精神影響深遠。

　　經常遇到球迷對我說，他們要帶著Kobe的精神活下去。

無論是清晨四點起床練球，或是隨時讓自己更進步，這些Kobe軼事不管是否經過品牌包裝，這些故事一個一個變成洛杉磯人特別是藍領階級的工作精神。

這場遊行慶祝著「因為努力奮鬥，我們都是冠軍」這樣的心情，感受到這樣歡樂氣氛的我，對著鏡頭說「天使之城在今天變成了冠軍之城」。美國朋友告訴我，這一點真的非常美國。不僅像球星說的，洛杉磯是一座最懂奪冠的城市；美國友人也告訴我，美國是一個最懂得慶祝的國度。無論大大小小的事情，都值得拿來開Party、辦遊行。

一個我親身體會的例子是，在台灣我們過國慶日，是看電視上的總統府閱兵，聽政治人物比賽誰更愛國；但在美國過國慶日，是家家戶戶在庭院烤肉，到公園逛嘉年華、園遊會。對美國人來說，愛國是理所當然，更重要的是怎麼慶祝讓每個人都開心。

在高度資本主義化發展的美國，無論是文化藝術或娛樂領域，都跟商業活動密切融合。這是一個懂得慶祝、隨時都在找商機的國度。光是把廣播電視電影的名人名字刻在人行道的地板上，就可以變成好萊塢星光大道，變成吸引遊客的觀光景

一場遊行是商機，可以變成吸引觀光客的景點之一。

點。頂尖運動員累積了成績，最後進入名人堂，變成歷史與傳統的一部分。

　　但回過頭來講，這些跨越世代家喻戶曉、深植人心的大眾偶像，哪一個不是商業的附屬，用來為商品打廣告、為球賽或電影賣門票、為電視台賺收視率。這種極度人造、擁抱銅臭味的平民歷史，也正是美國最獨特的大眾流行文化。

　　難怪，超級盃一張最便宜的門票要價台幣十一萬，進場的都是有錢人，甚至有人賣了房子，花台幣三百萬只為了買到

視野最好的位置，但票價沒有降低賽事的關注度，比賽當天街上幾乎沒車，人人聚到酒吧或電視機前，慶祝的時候全城同歡。冠軍遊行的巴士上，球星身價動輒年薪數億，但兩三公里之外，街頭同時存在的景象是，好幾萬遊民無家可歸睡在帳棚裡。美國是一個最懂慶祝的國度，但是⋯⋯友人告訴我，美國同時也是最會逃避問題的一個國家，在這些慶祝場合堆疊的歡樂表面下，諸如種族衝突、貧富差距、槍枝暴力等多年無解的難題經常被人們拋在腦後。

冷漠球星vs.熱情粉絲　現實社會寫照

就是這樣一個現實功利又親切可愛的美國，既鼓勵大眾不顧一切追逐利益，金錢至上，贏者全拿，但又保有一種「有夢最美、希望相隨」的平民化思想，只要打拚人人都有機會的美國夢心態。令人搖頭又苦笑的完美例子發生在冠軍遊行隔天，電視新聞播出驚人畫面。冠軍遊行當天，公羊隊四分衛史塔福（Matthew Stafford）與妻子站在舞台上，一名攝影師為了抓取鏡頭，活生生在史塔福面前後仰摔下兩層樓高的舞台。年薪新

台幣三億的史塔福一臉冷漠，毫無上前關心之意，立刻轉頭離開，拿了水瓶喝了一口水，好像什麼事情都沒發生一樣。

這畫面既殘酷又是那麼理所當然，足球明星與基層媒體工作者，好像處於兩個不同世界。這個女性攝影師送醫之後，檢查出脊椎骨折也摔壞了照相機，社群網路上網友幫忙募款、籌醫藥費，也瘋狂轉傳這個影片，批評球星史塔福實在沒人性，看到有人受傷，連上前察看的動作都沒有。但抨擊砲火僅止於

冠軍遊行後，球員會登上舞台，與群眾近距離接觸。

此，美國媒體上不見任何進一步的批評，只見史塔福表達願意負擔這名攝影師全額醫藥費的消息。

　　我想像，這樣的事情要是發生在台灣，這名球星大概要在媒體的道德壓力下，出來向社會大眾道歉。但在美國，這樣的形象危機似乎也輕易用錢可以解決了。這真的很美國。

疫情衝擊布宜諾斯艾利斯 劇院的消逝與重生

文、攝影／汪碧治

在享有「南美巴黎」美名的布宜諾斯艾利斯，除了品嘗牛肉、紅酒、泡咖啡館、逛博物館。看劇場表演也是當地人普遍的愛好。

劇院表演是布宜諾斯艾利斯最重要的休閒活動及城市文化，2020年COVID-19大流行及阿根廷漫長的隔離防疫，讓這座城市的數百家劇院幾乎整整消逝一整年，數以萬計的劇場表演工作者只能靠線上劇院熬過這個寒冬，等待重登台。

科林特斯大道繁華景象恍如隔世

　　科林特斯大道（Avenida Corrientes）是當地知名的劇場街，這裡聚集了各家一線商業劇院、獨立劇場。每逢夜燈初上，劇院門口前即開始大排長龍，布宜諾斯艾利斯人習慣看完戲再到附近的比薩店聚餐飲酒。大道上霓虹燈五彩繽紛的繁華景象，在疫情期間，已不復見，恍如隔世。

　　2020年1、2月，COVID-19疫情在亞洲、歐洲各地蔓延

科林特斯大道是當地知名的劇場街，聚集一線商業劇院、獨立劇場，在疫情之前每晚各劇院門口前皆大排長龍。

時，阿根廷人一如往常生活，聚餐、看劇，很多人從沒想過病毒也會傳到南美地球另一端，並使這裡成為最嚴重災區之一。

3月19日，阿根廷政府開始漫長的全國隔離禁足令，繁華的科林特斯大道瞬間成了空城，各大小劇團被迫拉下鐵門。

近幾年阿根廷經濟蕭條也波及娛樂表演行業，許多獨立劇團、表演工作者早已習慣接踵而來的各種挑戰，「但這次疫情帶來的危機是前所未見！」一年內直接、間接影響了布宜諾斯艾利斯四萬名員工、數以千計的藝術家。

2020年3月阿根廷政府開始漫長的隔離禁足，繁華的科林特斯大道成了空城，布宜諾斯艾利斯大小劇團被迫拉下鐵門，度過劇場消逝的一年。

前所未見的危機

阿根廷盲人劇團（Teatro Ciego Argentino）是阿根廷第一個由盲人參與組成的劇團，2001年首演登台第一部經典盲劇，由導演曼恰卡（José Menchaca）執導，依阿根廷知名作家阿爾頓（Roberto Arlt）的作品編製《荒島》（*La isla desierta*），每年從未中斷，2020年4月原定第二十年的演出，因疫情首度中斷。

曼恰卡所帶領的「盲人戲劇」，不僅有視障演員演出，整齣戲劇更是在無燈光的環境中呈現。觀眾在一片漆黑中透過嗅覺、聽覺、觸覺融入戲劇，和演員一起進入想像的奇幻世界。

疫情期間「網路」成為各劇團唯一的選擇，因為無法排練，盲人劇團成員在家裡製作錄音，再傳給導演曼恰卡重製，計畫在網路平台演出，也有劇團利用ZOOM視訊會議排練，曼恰卡說：「真的非常困難！」

像盲人劇團這類無數的劇場團體，也無法期待在疫情中獲得政府杯水車薪的補助，他們只能互相幫助，努力不讓任何一個劇團淹沒在這場大海嘯中。

線上劇院不是劇場？

為了解決困境，有劇場賣未來的預售票，或是推出線上劇院。3月間有劇團開始拍攝作品上傳到網站，隨後也有人利用即時轉播軟體線上直播。許多專業劇場表演者其實很難接受線上劇院的方式，他們寧可將它視為一個暫時的替代品，但絕無法取代劇院。

獨立劇場 Timbre 4 創辦者托卡希爾（Claudio Tolcahir）接受雜誌採訪時說，疫情期間他們拍好了作品上傳到網路，從沒想到會有這麼多人願意去打開來看。他無奈表示：「這根本不是劇場！線上表演無法取代實體劇場！一個演員需要表演，他們需要登上舞台！」

對於劇場喜好者而言，舞台的魅力也是網路平台所無法取代。就像阿根廷盲人劇團的表演，整齣戲在無燈光中呈現，觀眾在一片漆黑中感受演員的台詞，舞台上的各種聲音、氣味，自己也融入成為表演的一部分，這種現場表演的刺激、感動是線上劇院所無法取代的。

藝術家需要登上舞台

也有購物中心業者推出汽車劇場，在限制人數的情況下，觀眾可開車入場在車內欣賞音樂、探戈、戲劇各種表演。業者說，不僅觀眾想看表演，「我們的藝術家需要登上舞台！」

官方單位則舉辦戲劇創作競賽，遴選優秀作品來拍攝，聘請導演、編劇、燈光師、服裝設計師及場景設計師，設法將這個已近癱瘓的行業活絡起來。

但劇場最困難的不只是現在，還得面對未來的負債。許多一線劇場、獨立小劇場在疫情隔離期間因付不出水電費，還必須出售、關閉或者出租。

另一方面劇場未來要重新開放也沒有想像中簡單，餐廳、服飾店可以在政府解禁的隔天立刻重新開門做生意，劇場演員卻必須不斷排練直到可以登台的那一天，就像阿根廷盲人劇團在2001年首演之前，就足足排演一年後才登台。

同時可以預見的是，隔離解禁後各演出場所將會嚴格限制觀眾人數，對於一家商業劇院而言，一個原本容納八百人的表演廳現在只能容納一百五十人，劇院的損失比不開門更大！

未來面對病毒的恐懼，如何讓觀眾願意再走進劇場，疫情後劇場的重新登台將會是一條緩慢的奮鬥之路！

　　面對病毒的恐懼，如何讓觀眾願意再走進劇場，可以想像布宜諾斯艾利斯最珍貴的城市文化，在消逝一年後如何重新登台將會是極漫長的奮鬥之路！

藝術家互惠買作品
藝起加油ART

文／鄭景雯

　　COVID-19疫情影響，國內外許多藝術拍賣、藝展都因而取消或延期，或改以線上模式辦理，這讓畫廊、博物館、美術館不得不重視線上藝展的必要性，一場疫情改變的不只是藝術圈生態，也看見許多可能性。

　　線上辦展可讓原本只是地域性的活動超越疆界，能見度反而更廣，像是藝起加油ART就是很好的例子。

源於英國　藝術家彼此支持互惠

　　這起線上藝術活動源於英國藝術家馬修‧伯羅斯

（Matthew Burrows）的構思，因疫情重創全球藝術圈，他率先在IG發起#artistsupportpledge活動，由藝術家彼此購買作品相互支持，當每賣出五件作品時，就要向別的藝術家購買一件作品。

人在香港居住的台灣藝術家王建揚，2020年3月在網路上看到這項活動，認為立意良善，於是在臉書響應，成立「#藝起加油ART作品展覽平台」，從3月30日起至5月31日，創作者可將自己的原創作品上傳至臉書及平台，一件作品售價新台幣六千八百元以內，每售出五件作品，就要回饋收藏另一名藝術家的一件作品。

原本只是疫情期間無聊好玩，沒想到短短十天，平台上的交易量就破了千萬台幣，尤其4月初春節連假期間，許多人宅在家沒出門，閒來無事便不停滑手機，看到喜歡的作品可立刻留言下單。有趣的是，不知是從哪一位民眾開始以「收」作為下單名詞，後續藏家也都以此為依據，作為下單代號。

有些參與的藝術家，作品才貼出沒多久，不到三分鐘就被「收」購，讓不少人時時刻刻都在盯著平台，因為沒有人知道下一秒會不會跳出一件好作品，又或者是哪一位知名藝術家會在下一秒丟出作品。包括服裝設計師古又文、藝人孟耿如、

藝術家可樂王等共襄盛舉，若能在六千八百元內購得他們的作品，對消費者而言，買到都是賺到。

實驗式的藝術行為評價正反兩極

由於平台上不限創作類型，舉凡攝影、繪畫、雕塑、抽象繪畫、版畫、水墨等類型都可參加，也讓許多新銳藝術家有機會被看見。從事藝術創作十多年的藝術家蔡宜儒說，「在平台上貼出創作，心臟要很強。」有別於展覽或藝術博覽會，藏家若是對作品有興趣，得先透過中間的藝廊詢價，多半不會直接和創作者接觸。但在平台可不一樣，創作者直接面對觀眾，喜歡、不喜歡，一翻兩瞪眼，在網上貼出作品，等同是把創作丟進市場檢驗，心臟確實要夠大夠強。

對藝廊來說，疫情雖然削減了買氣，但有不少經營者透過這個平台，從中尋找具有潛力、有市場、有買氣的藝術家，可作為畫廊下一個培養的創作者。

然而，當一件事越來越多人參與，往往帶來的就是各式各樣的意見。藝起加油ART平台運作一段時間後，有人開始質

疑，遊戲規則設定每件作品最高只賣六千八百元，事實上是拉低藝術行情，時間久了也會養成藏家的便宜心態。但也有人認為，活動本身用意在於藝術家之間的互惠，可視為一種實驗式的藝術行為，真正的創作者，不可能只靠在平台賣了幾件作品就能維生，賣出所得頂多只能餬口、貼補畫室房租、材料費。

不過確實也有人從中嗅出商機，有商人貼出「外銷畫」，也有藝術家檯面上不屑這種低價交易，但眼睜睜看著平台越來越熱絡，乾脆匿名開了另外一個帳號參與。

另外也有人發揮創意，拍一張在野外創作的照片，賣的是筆記本裡寫得滿滿的「生」字，創作名稱就叫做「寫生」，創意十足引發討論，作品很快成交，先不論藝術價值與否，創作者賣的就是一份創意。

藝術圈發展型態改變　線上為未來主戰場

但後續卻也出現各種聲音，有人認為這樣根本是惡搞，把藝術看得太輕浮，因而平台重新訂出規則，要求必須要是持續創作半年以上，或是有辦過展的藝術家才可參與。這也讓不少

人有不同看法，認為這樣等同把藝術又拉回了學院派，所以另在臉書成立「藝起靠北Art Kaobei」，專門靠北在藝術圈裡看到的不滿。

另外也有人成立「藝起硬啦」，收容那些不被主流納進的暗黑、惡搞創作；之後也出現以「藝起」為名的「藝起發光」、「藝起購」等平台，同樣想複製「藝起加油ART」模式，不過卻沒帶起半點聲量，多數人還是比較信任「藝起加油ART」。

「藝起加油ART」平台在2020年5月31日邁入尾聲，當初設定的這個時間點，也許是希望疫情屆時可以趨緩。現在看來，或許還得再等上一段時間，各行各業才能回到正常軌道，然而這段時間，藝術圈的發展型態已悄悄改變，未來線上辦展、線上拍賣，必定成為主要戰場。

百老匯熄燈
紐約靈魂彷彿缺了一角

文、攝影／尹俊傑

　　華燈初上，紐約時報廣場在五光十色的廣告看板襯托下分外璀璨，《獅子王》音樂劇的鮮黃色招牌依舊顯眼，但只有招牌還亮著，透明玻璃窗內漆黑一片。彎進西45街，明斯科夫劇場出入口只見欄杆，不見等待看劇的人潮。

　　有的劇院外部仍打上燈光，彷彿告訴大家飽受COVID-19摧殘的紐約與戲劇產業一息尚存。上演《紅磨坊》音樂劇的艾爾赫施菲德劇院則完全熄燈，周邊靠百老匯生存的餐廳在疫情風暴下苦撐大半年，仍盼不回昔日喧囂繁華的夜生活。

紐約百老匯受疫情影
響，許多劇場停業，
但入夜後招牌仍然閃
亮。

紐約藝文界處於寒冬

時間拉回2020年3月中旬，百老匯劇院在紐約陷入疫情危機時全面停業，剛開始預估熄燈一個月，接著不斷延長，商會組織百老匯聯盟（Broadway League）延後復業的聲明，一次又一次打擊劇迷的心。

從延長停業八週、夏季演出取消到2021年初再見，紐約疫情即使一度緩和，不利演員與觀眾防疫的劇院空間仍讓百老匯難以重現風采。

每過一天，百老匯都在翻新史上最長停業紀錄，近十萬名從業人員生計大受影響，這只是冰山一角。

疫情下保持希望的關鍵

疫情期間，整個紐約藝文界都處於寒冬，卡內基音樂廳、大都會歌劇院所有演出取消。靜態藝文活動因較容易控制人流，得以恢復，也為台灣藝術家李明維作品《如實曲徑》從紐約大都會藝術博物館透過網路全球直播營造契機。

9月中，旅美舞蹈家劉奕伶等九名舞者在大都會博物館內輪流演出，用掃帚揮灑地面的稻穀。每人獨特的舞步描繪出截然不同的畫面，形成李明維口中舞者與稻穀間的忠實對白。

舞蹈評論家庫拉絲（Gia Kourlas）10月在《紐約時報》撰文，稱讚大都會博物館版《如實曲徑》集結變裝藝人、芭蕾舞者、街頭表演者等不同背景的演出者，充分展現藝術家眾志成城的力量。

眾志成城，正是疫情下藝術愛好者保持動力與希望的關鍵。

幾個月後，短影音平台 TikTok 掀起一陣《料理鼠王》音樂劇旋風。這部2007年皮克斯動畫，從未搬上百老匯舞台，這檔全新「劇碼」純粹出自粉絲在疫情期間自發創作。

從充滿迪士尼味道的主題曲開始，改編自動畫劇情的自創曲目與日俱增，連百老匯演員、舞者與編曲家也貢獻所長，加入創作行列。在 TikTok 搜尋 #ratatouillemusical，相關影音多到令人目不暇給，每段雖然長度有限，但這股創作能量如果能打動迪士尼，說不定有朝一日《料理鼠王》真能前進百老匯。

2020年跨年，COVID-19疫苗在疫情水深火熱時問世，人

們離重拾往日生活樣貌更近一步。如果疫情真能如專家預言緩和，百老匯或許能兌現復業支票，讓僅剩軀殼的空蕩劇院，逐步找回由演員精湛演出與觀眾沉浸其中充實的靈魂。

在這天到來前，劇迷只能耐心等待。

最後一場音樂會

文、攝影／林育立

2020年年初，COVID-19病毒開始在歐洲擴散開來。柏林市政府為抑制疫情，3月10日宣布全城的劇院和音樂廳暫時歇業到4月中。當時德國每天有一千五百人確診，不過世衛尚未宣布是全球大流行的瘟疫，沒人知道疫情會持續多久。可是一整個月沒戲看、也沒音樂會可聽？在這每晚有上百場演出的表演藝術重鎮，實在讓人難以想像。

不管外面如何　觀眾專注封城前的最後演出

我一看到新聞，馬上到心愛的布列茲廳（Pierre Boulez Saal）的網站，搶下第二天內田光子獨奏會的最後一張票。開

演前，主辦單位特地寄一封電子郵件給觀眾，強調音樂會照常舉行，如果身體不適歡迎退票。

搭捷運進城的路上，明顯感覺人比平常少很多，空氣中瀰漫著不安感。政府剛宣布口罩、防護衣等醫療物資禁止出口，隱約透露出疫情的嚴峻。車廂內沒人戴口罩，但也不意外，因為根本買不到，民眾也覺得沒必要。

清瘦的鋼琴家一走進場，觀眾馬上擊掌歡呼，比以往都熱情。我心想，難道這就是二戰時柏林人聽音樂會的心情嗎？當年空襲警報響不停，音樂廳被炸毀，食物靠配給，生活還是不能沒有音樂。最近，柏林愛樂發行1939年至1945年的廣播錄音，音樂密度令人訝異，彷彿是人生的最後一次演出。

內田光子完成九十度的日本式鞠躬，在鋼琴前坐定，手在空中停了幾秒鐘，圓潤的莫札特琴音開始流瀉。這是我聽過內田光子最神經質的一場音樂會，樂句不完整，表情不清楚，收尾不乾淨，心情似乎受到疫情的影響。但全場觀眾從頭到尾靜悄悄，好像不管外頭再怎麼亂，坐在小音樂廳圍著鋼琴家聽音樂就是很有安全感。

第二天看報紙才知道，這是封城前的最後一場音樂會。

演奏廳空無一人　指揮家協樂團傳遞愛與樂音

疫情的第二年走到終點。過去兩年來，最常聽到的一個字就是「危機」（Krise），每個人與家人和朋友的互動降到最低。音樂廳和商店一樣，隨著疫情曲線關了又開，開了又關；以前早規劃好一整年的音樂會，現在只敢預告接下來兩個月，以後就再看看。音樂家有演出才有收入，演出動力相當程度來自與觀眾的互動，可是原本安排好的音樂會不是取消，就是改為線上，即使演出觀眾席也因防疫規定不能坐滿，讓音樂家心情跌到谷底。

2020年音樂廳第一次關門前，柏林愛樂舉行最後一場音樂會，免費在網路上播放，曲目是巴爾托克的管弦樂協奏曲（Concerto for Orchestra）。開演前指揮拉圖（Sir Simon Rattle）特地強調，這是作曲家重病時的垂死之作，作曲家當時為躲避納粹和戰亂，從家鄉匈牙利逃到美國，委託他創作的指揮拜託政府開先例，用保留給前線士兵的盤尼西林治療他，這部作品才得以問世。

一位身患重病的難民在陌生的新世界，眼睜睜看著歐洲

家園陷入烽火，這部作品核心無比黑暗，處處可聽到斷裂的回憶，即便結局光明也如拉圖所言「過於明亮」，預告二十世紀的悲劇。

「在這奇怪的一天，我們為在外面的你們演出，同時只在音樂廳為自己演出」，他說。沒有觀眾，音樂家這行還有存在的意義嗎？廳內空無一人，這位全身散發熱量的指揮家，看來還是不放棄跟觀眾溝通：「我們透過這場音樂會，向真實世界的你們釋放愛和音樂的訊號。」

近年柏林愛樂大手筆投入「數位音樂廳」（Digital Concert Hall），歷經多次改進，網路轉播效果實在好得沒話說，團員穿正式服裝，演出也很賣力，的確讓人身臨現場。曲子一結束，指揮棒停在空中，全場一片寂靜。漲紅著臉的拉圖慢慢放下指揮棒，點點頭，團員默默起身走向後台。

沒有掌聲　音樂其實沒有完成

有錄音才有音樂產業可言，但音樂廳在瘟疫期間無法正常運作、甚至停擺，我突然體會，原來沒有觀眾也沒有音樂可

言；沒有掌聲，音樂其實沒有完成。

　　2020年，古典樂界盛大紀念貝多芬誕辰兩百五十週年，在我聽過的新錄音當中，德國鋼琴家列維特（Igor Levit）的奏鳴曲全集尤其突出。夏天疫情稍緩，薩爾茲堡音樂節（Salzburger Festspiele）慶祝成立一百週年，列維特一口氣在八場音樂會接連彈完貝多芬全部三十二首奏鳴曲，我特地戴上耳機看德法文化電視台Arte的轉播，對這位年輕音樂家的腦袋、體力和意志力瞠目結舌。

　　到了9月，疫情又起，家在柏林的列維特回到柏林音樂節（Musikfest Berlin），打算再彈一次全集，但進場人數受到防疫規定的限制。我聽了其中一場，愛樂廳逾兩千個觀眾席只坐了十分之一，琴聲又空又冷，列維特好像孤零零一個人在台上

2017年揭幕的布列茲廳是柏林近年新興的表演場館，適合室內樂演出，可容納六百多位觀眾。

彈給自己聽，缺乏觀眾助興，水準比上個月差一大截。我發現自己很難專心，眼神在空曠的大廳四處飄移。

每一場都是最後演出　台上台下心懷感激

以狂放風格著稱的希臘指揮庫倫奇斯（Teodor Currentzis），應該是當今歐洲古典樂壇最炙手可熱的指揮之一。有次，我在西南德電視台（SWR）看到身為西南德廣播交響樂團（SWR Symphonieorchester）首席指揮的他談瘟疫對樂界的衝擊。他說，許多音樂家失業、生病、甚至過世，以前開開心心在音樂節和新年音樂會演出，現在每一場音樂會可能都是最後一場。

時序進入2021年冬天，地圖上標示疫情嚴重程度的色階愈來愈深。德國每天新增的確診人數超過五萬人，累計病死人數突破十萬人，疫情結束依然遙遙無期，提高接種率成了走出隧道的唯一生路。柏林還是笙歌不輟，各大場館努力維持每天晚上都有音樂會，就算沒有規定，很多人還是自願戴上口罩。大家都有心理準備，這可能是封城前的最後一場，只要有演出，

台上台下的人都心懷感激。

12月初，來自法國的艾班四重奏（Quatuor Ébène）在柏林愛樂廳以一貫的高水準拉完海頓、楊納傑克和舒曼，準備演奏安可曲時，大提琴家忍不住站起來對觀眾說：「祝各位身體健康，熬過這個瘋狂的時代。」

按下暫停鍵
錄影帶店的今日遺址

文、攝影／林宏翰

　　那天我走進了一家錄影帶店，門口寫著「清倉拍賣」、「買五送二」、「只開到3月」等大字。與其說優惠促銷吸引我，不如說「這個世界上還存在著錄影帶店？」這樣的想法，帶我走進這家詭異的小店。

疫情是致命岩漿　錄影帶店走入衰亡

　　這間錄影帶店裡，找不到任何一卷錄影帶。架子上整齊排放一片一片的DVD，櫃台後面一疊一疊按照順序索引的光碟片。跟錄影帶這個化石一般的名詞比起來，DVD似乎近代一

在網路串流平台的衝擊下，美國錄影帶DVD出租正逐漸消失。美國洛杉磯近郊的一家錄影帶店門口貼出清倉拍賣的告示，準備結束營業。

點，但我懷疑現在串流世代的年輕人已經不知道DVD是什麼東西。店裡一個人都沒有，幾個木架已清空，傾倒靠在牆上。我感覺自己好像走進了一個廢墟。

某個意義上來說，這不折不扣是個廢墟。也許幾個星期過後，這家店重新裝潢以別的面貌開店之後，我眼前的這一片景象就會從這個世界上抹去，再也回不來了。這是一個即將消逝的今日遺址。

如果說火山爆發凍結了兩千年前的龐貝城，把整個市鎮裝進了時光膠囊，那麼COVID-19疫情爆發，就是使這一間錄影帶店斷了生氣、走入衰亡的致命岩漿。我眼前這一幕錄影帶店末日景象，透過鏡頭凍結在我的手機記憶體裡。

世俗百姓的功利算計　哪裡勢頭好就往哪裡去

「有人在嗎？」站在櫃台前東張西望，大叫幾次都沒有回應。店裡並非一片寂靜，播放著不知什麼宗教的誦經音樂，旁邊迎向我的是一整排不會說話的過時電影海報，空氣裡有燒香拜拜的味道。我走出店家，看到門口有一張字條，潦草的字跡

寫著「我在後門」。我繞到後面，看似老闆的兩個亞洲人正在把箱子搬上貨車，字面意義的清倉正在進行中。

「請問前面這個店還有開嗎？」「你到前面等我。」這個看起來像是老闆的男人自然而然與我進入中文應答模式。這店開在華人移民最多的區域，幾乎不用英語就可以生活。於是我又回到了剛才的櫃台前，這次他從櫃台後面走出來，臉上多了一個防疫面罩。

六十多歲的黃姓老闆是越南移民，在美國住了四十多年。他當年因為越戰而逃難到了美國，將近三十年前開了這間錄影帶店，最初是做會員制的出租，後來改為販售DVD，主力是成人影片也賣情趣用品，好萊塢電影只是兼著賣。生意最好的時候是在西元2000年左右，之後慢慢走下坡。

「COVID之前還可以，客人都是不會使用電腦網路的老年人，但COVID之後就撐不住了。」黃老闆說，隨著時間推移，越來越多客人離開人世，這間店也已經沒有存在的必要了。老闆不願上鏡頭，但很樂意跟我聊天，講到自己篤信宗教，長年吃素拜佛。我問他，成人影片撩撥欲望，不會衝突嗎？他說自己是作善事，幫助人們得到快樂，一點也不衝突。

關了店之後有什麼打算？黃老闆的回答讓我一頭霧水。他說：「美國要亡國了你知道嗎？快逃啊。」十八歲以越南難民的身分來到美國，黃老闆年過六十歲現在準備去中國。在美國生活四十多年似乎沒有太多留戀的樣子，他說：「美國很快就要滅亡了，我追隨的師父告訴我，東方的賢者會來收拾美國。」

我的腦子原先都在思考著錄影帶業興衰，這話題突然跳接，我一時反應不過來。好像從時光機摔回現實，我的思古懷舊之情瞬間破滅，眼前是世俗百姓的功利算計，哪裡看起來勢頭好，就往哪裡去。什麼今日遺跡都是浮雲，倒店大拍賣比較實際。

奧斯卡電影博物館亮相
一窺好萊塢百年風華

文．攝影／林宏翰

　　好萊塢是世界知名影視重鎮，每年奧斯卡金像獎是全球焦點，但洛杉磯卻一直缺少電影博物館。2021年9月底開幕的奧斯卡電影博物館肩負使命，為迷人的電影產業留下長久紀錄。

好萊塢帕德嫩神廟供影迷朝聖

　　由奧斯卡主辦單位美國影藝學院經營，奧斯卡電影博物館（Academy Museum of Motion Pictures）位在威爾夏大道（Wilshire Boulevard）和費法克斯大街（Fairfax Avenue）路口，緊鄰洛杉磯郡立美術館（LACMA）。

奧斯卡電影博物館2021年9月底開幕，奧斯卡影帝湯姆漢克斯（Tom Hanks）將其譽為好萊塢的帕德嫩神廟。

這座博物館匯集好萊塢新舊成員迪士尼（Disney）、華納（Warner）、網飛（Netflix）等大公司約三點九億美元資金，由知名建築師皮亞諾（Renzo Piano）設計，目前是北美最大電影博物館。

　　奧斯卡影帝湯姆漢克斯（Tom Hanks）曾說，這座博物館的地位就像是好萊塢的帕德嫩神廟（Parthenon），供世界電影迷前來朝聖的殿堂。

　　博物館原訂2020年開幕，受疫情影響，直到2021年9月30日才正式開門迎接大眾。營業一個多月來，吸引大批訪客，週末門票在網路上搶購一空。

　　博物館主體為八十二年歷史的建築翻修，一到三樓是固定展場，展出「電影的故事」，介紹電影產業一路以來的重要歷

奧斯卡電影博物館展場使用多媒體設施介紹電影產業百年來的演變。

程，四樓為主題展場，當期展出主題是日本動畫大師宮崎駿，紀念品區可見許多《龍貓》、《神隱少女》等周邊商品，受到美國粉絲青睞。

　　博物館自2008年開始，收集超過八千件包括電影科技、服裝造型、美術設計、戲服道具、海報等在影史上具有重要地位的文物。

博物館為八十二年歷史建築物，由知名建築師皮亞諾設計。

　　博物館的古老館藏見證電影的前世今生，包括一幅1660年的日本版畫、1904年用蒸氣驅動的幻燈箱、早期的底片剪輯設備、1939年拍攝《綠野仙蹤》的三色相機等。

　　其中一個展間陳列許多科幻電影的服裝和角色模型，遊客可以親眼見到史蒂芬史匹柏（Steven Spielberg）1982年經典電影中的外星人ET、最早於1977年出現在《星際大戰》（*Star*

Wars）電影中的機器人R2-D2。

阿諾史瓦辛格（Arnold Schwarzenegger）在《魔鬼終結者》（*Terminator*）電影中一顆道具頭顱；經典驚悚片《大白鯊》（*Jaws*）裡，那一尾原始模型製作的大白鯊就掛在天花板上。

為影視產業留住星光

另外美國影藝學院本身擁有大量的電影製作相關的靜態與動態影像資料，超過一千三百萬張照片、二十五萬部電影和九萬多部劇本、六萬張海報等。

自1927年以來，美國影藝學院主辦奧斯卡獎，收藏了大量頒獎紀錄、手稿、節目單、邀請函等第一手材料。不只是歷年奧斯卡得主的經典感言在館內輪流播放，遊客更可以看到小金人獎座的變化。

圍繞在電影業與奧斯卡獎的爭議，在博物館內也如實呈現，包括幾十年來各界批評的美國影視產業由白人男性主導的不平等現象，經典一幕是1973年女演員薩辛（Sacheen

Littlefeather）在頒獎台上表達影視圈對美國原住民的不公平待遇。

　　這座博物館不只為影視產業的星光留下痕跡，還提供來訪的遊客一次上台領獎的機會，館內設置了虛擬的體驗專區，讓遊客拿起真實重量的奧斯卡獎座，感受在觀眾面前受獎的感覺，但須額外收費十五美元。

邂逅土耳其浴場
懷舊的生活哲學體現

文、攝影／何宏儒

　　融合羅馬、拜占庭和中亞沐浴文化的土耳其浴場是庶民社交和生活哲學的體現。因疫情而無法步入浴場八個月後，土耳其人說，「沒浴場怎麼活」、「我們一生都離不開土耳其浴」。

　　第一次洗土耳其浴的經驗實在太震憾。最驚人的不是付錢讓陌生男子的雙手在赤裸的身體遊走，而是終於知道了自己怎麼那麼髒。

搓澡師上下其手使勁搓擦　泥垢數量可觀

　　2018年冬天我開始在安卡拉工作約一個月後就被土耳其

朋友帶到離市區八十六公里外的知名溫泉鄉克孜勒賈哈馬姆（Kizilcahamam）。海拔九百七十五公尺高的山區當天飄下安卡拉當年初雪，這時進入公共浴池也太有fu了。

在小隔間裡褪去衣物，將那片薄薄的裹巾纏上腰際，然後踩著傳統木屐，在喀—喀—喀聲響中，我終於進入蒸氣彌漫的土耳其浴場，果真是百聞不如一見。

跟著一旁的土人依樣畫葫蘆，我先在浴場正中央大理石平台上躺平。暖呼呼的平台下方顯然布置了加熱管線，躺上十幾分鐘後，早已暖和的身體不斷出汗。等毛細孔張開後，接下來將進入土耳其浴的重頭戲——洗澡。

如果只是輕描淡寫地說「洗澡」，那簡直是不負責任的報

一名搓澡師為平躺浴場內大理石平台上的客人刷洗。

導。英文書寫的土耳其浴介紹文常用scrubbing（用力擦洗、刷洗）說明接下來浴場裡發生的事。親自體驗後，你會發現那用字真是貼切、到位。

也只在腰間圍上裹巾的搓澡師年過半百，看起來經驗老到。歐吉桑一登場先霸氣地示意客人在大理石平台上仰躺，問都沒問就解開對方身上的裹巾，讓那塊紅白格子布僅僅遮住「重要部位」。接下來，他戴上搓澡手套，開始對客人「上下其手」。

施展俐落身手使勁擦搓同時，師傅還不時驕傲地向客人展示「工作成果」。只見那只原本白白淨淨的手套怎麼會秒變黑麻麻，上頭布滿了從我身上搓出的泥垢「皴」。

師傅念念有詞，彷彿對我說，「人還是應該定期洗澡才好」。由於被他搓出的「皴」數量可觀，「事證明確」，躺在大理石平台上的我彷彿是個幹了壞事被活逮的小孩般，只能啞口無言聆聽訓誨，並且繼續對藏汙納垢的身體暗自驚愕。

我的許多土耳其朋友都有定期洗土耳其浴的習慣，例如擔任健身教練的友人塞爾坎（Serkan）就是，他從還是足球選手的年代就固定每週進土耳其浴場。

塞爾坎說：「土耳其浴的好處，運動員最知曉。」

為了拍攝影音新聞，我前幾天把他拉進安卡拉舊城區哈曼歐努（Hamamonu）有五百八十一年歷史的卡拉賈貝伊浴場（Karacabey Hamami）犧牲色相寬衣解帶，友情客串被搓澡師侍候的顧客。

土文hamam意即浴場，安卡拉舊城區知名景點Hamamonu因Karacabey Hamami這棟歷史建築而得名，浴場在鄂圖曼帝國時期的重要性可見一斑。

像卡拉賈貝伊浴場這樣的歷史建築特別能夠彰顯在數百年圓頂建築裡，融合羅馬、拜占庭和中亞沐浴文化的淨身淨心儀式，而它同時也是庶民社交活動和生活哲學的體現。

對塞爾坎而言，浴場裡「馬殺雞」這橋段是他的最愛。只見到了搓澡師手上，平躺的大隻佬也只能像塊雞肉般地乖乖任人拍打、肘揉、掌推、翻身。過程中，顯然因為推拿到位，塞爾坎時而面容猙獰、連聲慘叫。一陣舒筋活絡後，脫胎換骨的他容光煥發步出浴場。

1440年完工的卡拉賈貝伊浴場是當地歷史最悠久浴場之一。

土耳其人一生離不開浴場　成文化的一部分

　　卡拉賈貝伊浴場當代負責人厄內爾（Oner）指出，升騰熱氣讓人徹底放鬆，浴場成為人們談論政經情勢、巷弄八卦和交換資訊的絕佳場合。

　　他告訴我，浴場也是許多重要習俗發生的場所，例如嬰兒出生四十天的「四十天浴」、新娘婚前的「新娘浴」、親人去世二十天後的「擦乾眼淚浴」等。他說：「土耳其人一生都離不開土耳其浴。」

　　退休警官奧罕（Orhan）也是浴場常客。他表示，和妻子週末上土耳其浴場的習慣已經維持三十年。

　　他指出，過去八個月因為疫情而無法步入浴場，只更加證明浴場文化對土耳其人的重要性。奧罕說：「浴場是我們文化一部分。沒有浴場，我們要怎麼活？」

　　「浴場文化是土耳其人生活的一部分。不上浴場，面目可憎。」奧罕告訴我：「家裡當然有浴室、有熱水、有肥皂。但是浴場環境對我們而言具有特殊意義。我們在這裡緬懷過往，具體而言，這是讓我們一解鄉愁的懷舊之地。」

愛屋惜屋　讓歷史傳下去

文、攝影／周世惠

　　旅美生涯初期，有前輩曾建議我不妨從房市的角度，對異國生活多點了解和文化觀察。

　　數不清有多少個週末下午，我從客廳落地窗望向後院的綠草如茵，看見游泳池波光粼粼，伴著午後陽光的輕聲人語，多麼悠閒、多麼夢幻……

　　可是我看完就得走了，因為——那不是我的房子。

　　門前掛著「吉屋出售」的展示屋（Open House），我只是參觀的客人。Open House迷，美國人編派了一個不成文的單字，叫做lookie-loo。

　　COVID-19居家防疫期間，展示屋的參觀一度停頓；疫情後多改為「非誠勿擾」的預約制。在報導工作中，我見證矽谷

用愛心維護與保養的房子歷久彌新。

房價飆漲、買家加價競標，另有許多人花二百、三百萬美元買房，只為了打掉重蓋。

「好像撿到寶！有古董可看啊！」當朋友和她的美國先生提出邀請時，我迫不及待地驅車前往。

「寶」位在矽谷山上的好（豪）宅，客廳落地窗望出去可見舊金山灣區的山與海，建物平行敞開，院子一角的泳池波光瀲瀲、花草如茵。

「古董」裝在看似天文望遠鏡的保護捲筒，來自1966年的房屋設計藍圖（Blue Print）引人發思古之幽情，屋裡一些有典故的「稀物」，親身見聞才知道。

用愛心照顧有歷史的房子　展開生命新頁

緣分使然，朋友覓得有窗景的夢想之屋，他們一家四口即將成為第三任屋主。

「我們替你們感到開心，知道你們會和我們一樣，用相同的愛與尊重來對待這個家。」即將遷居西雅圖的第二任房屋女主人，寄了一封長長的電子郵件給朋友，訴說從原始屋主接手

這棟愛屋的故事。

「第一任屋主留給我們的，我們也留給你。」過往兩任屋主珍惜和保養的軌跡，在新舊交融的建築內，承載了居住者的情感，化成實體，在空間中把對生命和大自然的愛流傳下來。

難得的還有，過去十年的國慶日，第二任屋主總邀請第一任房屋女主人（想像一下，她高齡九十三歲）回這棟山上的房子同歡、遙望當地二十多個此起彼落的煙火景色。

朋友購屋的親身經歷，讓我對房子的價值觀有了不同想法，對於怎麼當空間的主人也有了全新典範。

用愛心照顧有歷史質感的房子，與之開展生命的新頁，這是一種可貴的文化延續。百年屋的前身都是從一年新起步，使用半世紀的建物如何走向一個世紀，需要領導者、規劃者、建

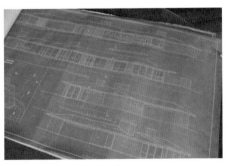

半世紀前的建築藍圖由屋主一任傳一任。

築專家到大小市民的共識。

保持建物的故事和個性　讓這地方顯得特別

　　以矽谷帕羅奧圖（Palo Alto）的「老帕羅奧圖」區來說，建築風格多樣，充滿著原始屋主於百年前建造的奇思妙想。走一趟大學道（University Ave.）北端，有如逛一座真實的建築博物館；全方位的建築風格為社區帶來獨特魅力。

各異其趣的建築風格為城市帶來獨特魅力。

舊城區住戶必須承諾保有建築完整性，住宅內部可以盡量整修，外觀不得改變，一切得經由市政府審圖過關才能開工。

　　「管太多嗎？」即使富豪如臉書創辦人祖克伯（Mark Zuckerberg）買下四棟相鄰的房子，想打掉重建為一棟大豪宅，當地政府無法破例同意。蘋果公司創辦人賈伯斯（Steve Jobs）生前的房子維持著他購屋時的外貌，對當地市史，賈伯斯不只是全球名人，也是丈夫和父親。

　　建物的故事和個性讓一個地方變得特別，一旦落實打造保

蘋果公司創辦人賈伯斯生前住家，前院種滿蘋果樹。

存歷史的根，我們可以從眼前的建物看到過去，孩子及孩子的孩子們，也將有機會從歷史的家園想起我們，甚至照見前人的身影。民宅與公共建築皆然。

說穿了，在一切還諸天地之前，我們不過就是地球資產暫時的託管者。不管住哪裡，我期許自己住過的空間能變得比原來更美好。

走出自信

讓光帶領我們繼續前行

文／王寶兒
攝影／張國耀　照片提供／北師美術館

　　2021年要結束了，回望過去這一年，以為自己只會留下不得不學著和COVID-19疫情相處的無奈記憶，翻開行事曆，才發現在台灣文化協會（下稱文協）成立一百週年之際，生活早就因美術、文學、音樂等層出不窮的紀念活動，被填補的有滋有味。

　　意識到這一點，讓人心裡不免滿足了一些，知道自己沒有虛度光陰。在我又以為一年要這樣圓滿結束時，同以文協精神出發的「光—台灣文化的啟蒙與自覺」特展，選在年末登場，震撼程度如展覽命題「光」一般，耀眼而讓人難以忽視。

《甘露水》在陽光映照下，顯得生命力十足。

年末開展　讓人對來年懷抱希望

「光─台灣文化的啟蒙與自覺」很特別，在開展前就頻頻有不少人敲碗、拭目以待，不但沒有因為一整年「文協熱」而減去大眾關注度，作為年尾開展的展覽，它反而更像開啟新的篇章，讓人對未來有了盼頭。

當然，能匯聚這般鎂光燈於展覽一身的，由已故雕塑家黃土水創作的《甘露水》，絕對是這檔展覽為人矚目最大的原因。

2021年10月，北師美術館宣布美術界追尋已久、被封藏近五十年的《甘露水》，已經交付國家典藏，並啟動修復，於年底特展現身。這讓外界驚喜不已，也就此引頸期盼「光─台灣文化的啟蒙與自覺」的到來。

這種驚喜的感覺，大概像是你以為弄丟了珍愛的物品，以為再也不會找到了，結果又突然發現在身邊吧？

入選日本帝展　為當時台灣帶來光亮

　　《甘露水》對台灣的重要意義，不止於它是台灣首座裸體雕像，還包含它在日治時期入選了帝國美術展覽會。回溯一百年前，台灣當時受日本殖民統治，要在日本出頭天，難度可想而知，台灣人能入選帝展，當然是一件大事情。

　　一百年前的台灣，會洋溢著什麼樣的社會氛圍？1921年1月，由林獻堂等留學生發起第一回台灣議會設置請願運動，同年10月，《甘露水》入選帝展後不久，文協便隨之成立，他們在台灣設立讀報社、辦一場又一場的演講會、發起文化劇團、巡迴放映電影，以文化方式啟迪人民思潮。

　　「光—台灣文化的啟蒙與自覺」特展開幕記者會上，研究團隊之一、歷史學者周婉窈說，現代人可以想像，那時大家對台灣的未來充滿希望跟期待，處處在尋找照亮台灣的光。從支持的仕紳、受高等教育的知識分子一直到關心公共事務的小農小民，他們內心都發出了光，是一個人人內在發光、大家一起追尋光的年代。

　　「就在這時候，黃土水的《甘露水》進入帝展，而那是當

時日本帝國圈內最高的藝術榮耀和肯定。」周婉窈說，可以想見，這項消息會帶給當時非常昂揚的台灣社會多麼振奮又高興的心情，「我認為《甘露水》本身就是光的存在。」

就算過了一百年，在展場上的《甘露水》依然如宇宙星系中最閃耀的光芒。我站在它面前，看見它在陽光下彷彿變成了會呼吸的她，心裡不禁讚嘆，原來大理石可以如此柔軟，讓她看起來這麼溫柔，這麼無瑕，即便輕輕闔著眼皮，我卻依然相信，她是在無私地看著每個人微笑。

《甘露水》沒有現代人所愛的美女九頭身身材，沒有挺鼻、腹肌和纖纖細腿，但它的美無庸置疑。

女神出土散發光彩　為現代人點亮百年樣貌

還記得2021年11月，媒體們有幸在展覽開幕前，先見證到它剛修復完畢的模樣，那時眾人走進飄著清潔藥劑味的地下室，即便一旁散落一堆修復工具，《甘露水》還是女神降臨般的姿態，神聖又高雅。眾人初見《甘露水》時低聲的讚嘆、不自覺退到遠處，只為欣賞完整姿態的樣貌，到現在也記憶猶

新。

我們都知道，有光的地方，就會有影子。但難能可貴的是，「光—台灣文化的啟蒙與自覺」所展出的作品與文獻，和聚集目光於一身的《甘露水》相比，不僅沒有成為影子，而是自成為燦爛星火，一起為現代人點亮百年前的樣貌。

例如展場中面向《甘露水》並排陳列的五幅畫作，分別是劉錦堂、李梅樹、廖繼春、洪瑞麟及陳澄波的《自畫像》。這些畫家們和赴日求學、並以雕塑打響名號的黃土水一樣，都曾留學日本，並在藝術領域發光發熱，為台灣的美術文化運動開啟黎明天光。《甘露水》和不同的《自畫像》遙遙相望，以意義而言，真正還原了當年時空。

由文協發起的種種文化運動，也在一百年後的特展中，以不同形式持續著。周婉窈說，當時非武裝反殖民運動幾乎都是使用台語溝通，台語是抵抗的語言、工具，也是象徵，「這是我們現在很難想像的，你能想像當時每場演講都是說台語嗎？」

除了華文語音導覽以外，「光—台灣文化的啟蒙與自覺」增加了全套台語語音導覽，每幅作品也盡量另外標註了台語羅

馬拼音。周婉窈認為,使用當年先賢們所慣用的語言來呈現那個時代,有其必要與意義,「我們希望透過語言讓民眾多少體會反殖民運動的語言情境。」

遊走展場,凝視百年前那風起雲湧的大時代,習以為常的語言、縈繞在腦袋的思想、每個細微或重要的決定,背後竟然都有著遠大的意義。而這個標準放在現代,其實又有何不同呢?

想起黃土水曾寫下的:「永劫不死的方法只有一個。這就是精神上的不朽。」藝術家透過作品,留下不朽記憶,即便在百年後,還能成為繼續指引人們前進的光,我們何其幸運,能在這樣溫柔的照拂下,記著歷史痕跡前行。

新的一年又要來臨,跟著心中的光,或努力成為別人眼中的燈塔,繼續走吧。

當台灣成為一股潮流

文、攝影／鄭景雯

　　「你好！」走在東京表參道滿是異國精品的街道上，一間名為「台灣甜」的店面讓台灣人倍感親切。店面掛有紅燈籠，牆上還貼著九份、台北101、萬華等街景照，一旁還擺有一排介紹台灣景點的日文旅遊書。一進門，胸前繡有台灣國旗的店員，流利地用中文打招呼，因為口音很台灣，讓人彷彿置身台北，以至於來訪會說中文的客人，一開口就用中文點餐。

　　不過下一秒店員就露餡，他們唯一會說的就是：「你好、謝謝光臨。」再來就要切換回日文模式。

　　一名曾到台灣旅遊的日本客人說，「這間店很有台灣的感覺。」台日混血的「台灣甜」表參道店長齋藤夏子表示，店內最大特色就是裝潢和氛圍，「我們不只賣珍奶，也傳遞台灣文

化，要讓日本人感受台灣的氣息。」

女學生助推　日本再吹珍奶風

　　事實上這並非珍珠奶茶第一次在日本掀起熱潮，過去幾年，珍奶也曾帶動一波話題，不過就像蛋塔在台灣一樣，效應很快就退燒。近期珍珠奶茶之所以重生，推波助瀾的正是日本女學生，她們喜歡加了珍珠、小芋圓等料多實在的台式飲品，人手一杯打卡、拍照後放上社群網站分享，證明自己跟得上流行，很快就讓「珍珠」成為熱搜關鍵詞。

　　這股熱潮甚至還衍生出許多瘋狂的「珍珠料理」，包括珍珠啤酒、珍奶蛋包飯、珍奶燉馬鈴薯、珍奶炊飯、珍珠麻婆豆腐、鐵板珍珠、珍奶沾麵等。雖然有創意，但看在台灣人眼裡，實在難以想像那番滋味

　　齋藤夏子說，「珍珠奶茶對日本人來說是一個流行」，賣珍奶的店面一家一家崛起，「排隊一、二個小時都有人排，不可思議。」她觀察，「日本人把珍奶當成下午茶或甜點，回客率很高。」

從桌上到手上　改變飲食習慣

　　尤其對向來一板一眼的日本人而言，吃東西就是要坐著吃，但珍奶不是，買了就帶走，拿在手上喝，讓「邊走邊喝」也變成一種流行。想不到珍奶除了本身熱銷，還影響了飲食習慣。

　　馬來西亞留日的林同學表示，他曾在台灣喝過珍奶，認為這波珍奶熱改變了日本冰品市場，「日本剉冰都是加色素居多，台灣會加珍珠、芋圓、豆花、仙草等料，台灣冰品完勝！」

不只賣珍珠奶茶，也傳遞台灣文化。

雖然平時我在台灣喝珍奶的次數手指數得出來，但在國外看到來自家鄉的飲食這麼受歡迎，內心總有些驕傲，覺得這些渾圓、黑得發亮的珍珠，幫台灣打了一場成功的飲食外交。

　　然而，潮流總有一天會退燒，即便如此，齋藤夏子仍認為，「珍珠就是台灣的食物，透過珍奶，會讓日本人更認識台灣。」味蕾能觸發記憶和感受，無論是去過台灣的日本人或是旅日的台灣人，都會有想念台灣的時候，藉由珍珠、豆花、芋圓等台灣小吃，嘗一口便能化解鄉愁。

　　不過要說句實話，「台灣甜」最暢銷的飲品「黑糖牛奶珍珠」，實際喝上一口，就台灣人的口感來說，還是偏甜。齋藤夏子急忙用中文解釋，「日本喜歡吃甜，整體口感會偏甜一點，但現在也跟台灣一樣，可以調整甜度了啦！」

　　過去我聽到的多半是台灣跟日本學習，但現在，日本也在學台灣。

世界盃麵包大賽
見證職人精神與熱忱

文、攝影／曾婷瑄

作為記者最榮幸的事情之一，便是能見證歷史。

在法國這幾年，我有幸見證了參議院與國民議會分別通過挺台參與國際決議案。這次，我再度參與歷史，只不過，這次氣氛更熱絡了一點，氣味也更令人垂涎了一些。

是的，我親眼目睹了台灣第一次在「世界盃麵包大賽」（coupe du monde de la boulangerie）中奪下團體賽寶座，寫下台灣烘焙歷史新頁的瞬間。

各司其職合作無間　用愛奪冠

這是我第二次實地採訪國際烘焙賽事，有了上一次的經驗，我知道若想有更寬裕的時間與參賽選手、教練深聊，就不能只在比賽當日或頒獎當日前往，否則不是他們忙到沒時間分享細節，就是只能呈現成功或失敗二分法較為表面的片段。

加上賽場離家並不遠，因此我決定在比賽前兩天、比賽當天與頒獎日三天前往會場，把握機會近距離觀察這場賽事，以及背後團隊的付出。

本屆大賽共有十一組國家隊，台灣第三天出賽。一到現場，隨隊翻譯與行政Lulu看到我就便沉重的說，埃及隊的大型藝術麵包剛才在組裝時崩塌了，剎那間全場隨之心碎哀嘆。

「十小時心血就這樣沒了，他們教練還哭了」，雖是對手，但眼看別人心力付之一炬，仍是萬分不捨。

輪到台灣隊上場，當天五點開賽。有他隊的前車之鑑，師傅們格外全神貫注，完全可以感受到全場屏氣凝神與緊繃的氣氛。

在組裝藝術麵包的最後關頭，觀眾更是大氣也不敢喘。只

見台灣選手李忠威、徐紹桓和武子靖合作無間、行雲流水。不一會，呼應本屆主題「愛」的「美女與野獸」就出現在觀眾面前。

就如裁判長在賽後受訪時所說，「當每個人都知道該做什麼，且知道想要什麼時，寶座自然是你的」，以這句話形容台灣隊比賽時的狀態，著實貼切。

比賽進入倒數十五分鐘，當其他團隊正水深火熱做最後衝刺時，台灣隊竟提前完成比賽！只見評審、顧問、工作人員紛紛擠到台灣隊的麵包前拍照，讚美之情溢於言表。

剛好，這時主辦單位播放起台灣隊提供的「玖壹壹」熱歌，台灣應援團high到最高點，教練也卸下重擔開心跳起舞來，彷彿成了台灣主場。

史上最佳成績　擦亮台灣麵包招牌

頒獎日當天，不僅選手忐忑不安，媒體們也嚴陣以待，輪到記者上戰場。除了主辦單位轉播、數個平面攝影，還有各國媒體、隨隊記錄，大家都想要在不大的媒體區搶到好位子。

宣布冠軍前，原不該站人的媒體線前蹲滿了一堆各隊人員，工作人員屢勸不聽，頒獎在即，也沒時間理會。

　　「大家都很棒，但冠軍是……」，主審說，我感受到心臟強烈的跳動，隨著現場播放的音效，空氣凝結，腦子不斷默念「台灣、台灣」。

　　「……中華台北！」那一瞬間，我忍不住大叫一聲，但隨即讓自己回復冷靜工作的狀態。

　　沒想到宣布奪冠後，蹲在我前面的某非洲隊人員竟突然起身拍照，一百九十公分的身高直接擋在鏡頭前，氣得我使出吃奶力氣，用力把他往下壓，示意得獎的是我們，同時還要確認鏡頭沒有跑偏。面對混亂騷動的現場，我稍稍可以明白媒體為拍攝「卡位」大概是怎麼一回事了。

　　感動、驕傲、與有榮焉，這就是看到台灣選手登上衛冕寶座的感受。儘管賽前與工作人員和記者閒聊時，已有許多人說第一名非台灣莫屬，但那一刻的激動，依舊深印腦海。

公司與家人做後盾　機會給準備好的人

一場熱血沸騰的比賽少不了默默在背後支持的人，其中就包括台灣旅法YouTuber阿辰師，這位網紅一路協助台灣隊拍攝記錄，有時也幫忙跑腿翻譯，非常熱心。

最後，也是最令人感動的，就是互相召集到現場加油的台灣應援團。

這次台灣只能以「中華台北」名義出賽，令人無奈。但現場台灣同胞帶了大大小小的國旗，當司儀介紹到Chinese Taipei時，應援團便會高喊 Taiwan！後來才得知，原來是應援團早已說好，要喊出台灣的名，讓所有人知道我們來自哪裡。

還記得台灣隊出賽那天，李忠威師傅完成比賽後突然掉淚，大家都以為是因為放下心中大石而激動，但他賽後跟我說，其實是因為看到這麼多台灣人來到現場為他們加油，忍不住感動哭泣，真是一場可愛的誤會。

記者在現場，我看到了麵包師傅的職人精神。

教練吳武憲專訪時說，為了準備這場比賽，選手必須暫停原本工作，投入每週五到六日的個人與團體練習。選手則告訴

我，所幸他們的公司與家庭都給予最大的支持，讓他們得以專注投入訓練。

吳武憲坦言，參加這樣的國際賽事，推動一切的火車頭就是「經費」。選手訓練的材料費、出國的機票、住宿等，都是沉重的開銷。籌募經費是另一大挑戰，所有的雪中送炭都相當珍貴。

台灣選手合作無間，完成冠軍作品「美女與野獸」。

我請教台灣烘焙人才的優勢，教練表示，台灣師傅不僅認真，而且有創意、學習快，加上對於各種新知識都抱持非常開放的態度，這都是台灣厲害的地方。

其中最珍貴的，是我從他們談話與眼神中感受到的熱忱與拚勁。儘管為了比賽需要暫停工作、犧牲與家人相聚

時光，但師傅都覺得非常榮幸能參與這場戰役。

　　除了見證一舉成名天下知的時刻，能記錄並傳達選手與教練十年寒窗的堅持，其實更讓我倍感榮幸。

比想像中更美的
島嶼與家

文／葉冠吟
照片提供／阿洛

南島語族的想像

關於「南島語族」我們知道的範圍有多少？除了歷史課本寫著「台灣位於南島語族分布的北界」，其餘再多的資訊，好像也較少被關注。

最近，收到一個名為《你的島嶼我的家》的節目介紹，製作組在2020年COVID-19疫情肆虐之際，挑戰台灣與紐西蘭之間的距離，邀請阿美族與毛利族音樂人各三名進行「視訊交友」，用音符與文化搭起島嶼之間的橋梁。

為何將這兩組人聚在一起？節目製作人兼參與者的阿洛‧卡力亭‧巴奇辣，娓娓道來一段關於追尋海洋之路的生命歷程。

　　阿洛是橫跨電影、音樂、電視三棲的阿美族創作歌手，2015年以《太陽的孩子》入圍金馬獎最佳新演員，隔年又以《吹過島嶼的歌》獲得第五十一屆金鐘獎教育文化節目主持人，長年耕耘母語傳承與原住民族文化的推廣。

　　見面時，阿洛用溫柔的聲音告訴我，台灣是座神奇的島嶼，「當我們面向西時是少數，但當我們面向海的時候，卻是這個海洋（民族）的源頭；我們一直覺得這個島嶼這麼渺小、

創作音樂人阿洛始終以母語創作，希望保留阿美族豐富的文化歷史。

不起眼，卻從來不知道台灣就是遍布太平洋、印度洋這麼廣闊的南島民族的原鄉，是至關重要的島嶼，這蘊含的厚度超乎我們想像」，她深邃的眼眸閃著光芒。

許多學者提出的南島語族起源說，都認為台灣是這個具高度航行力海洋民族的源頭，語言歧異度也是南太平洋各海洋民族中最高的。

五千多年前祖先們從台灣出發，順著海洋向南擴散，最東抵達南美洲西岸復活節島，最西到非洲東岸的馬達加斯加島，最南則是紐西蘭，全語系總人口趨近四億，每道打上岸邊的浪花像心跳，彷彿聽見綿延不斷的血緣與家人。

在近十年歲月中，阿洛藉由與南島音樂家接觸、製作專輯、拍攝節目，企圖探索台灣與南島民族，經過千百年族群遷徙、海洋與島嶼隔閡、甚至不同殖民者與語言演變，彼此間到底還存在著什麼連結。

2019年，阿洛與六位太平洋南島音樂人跨界合作，在澳洲共同製作母語專輯《Sasela'an氣息》，無意間發覺「淚水」、「眼睛」、「耳朵」、「數字」等母語詞彙，在六個不同的國家幾乎一致，彷彿聽見隱藏千年的航海線索，「我們文化的延

展，超過自己的想像」。

看著這群來自不同島嶼的人，阿洛內心被這份共享的生命氣息撼動，她說阿美族有一句話：「海是我們的路」，當人們覺得海是陸地的終點，卻是海洋民族們的起點。

「對島嶼民族來說，海洋就是我們的路、我們的生命。我們的文化、滋養都跟海洋有關係，島嶼民族應該是要勇敢的、冒險的，會向未知的領域前進，會向這個世界更大的憧憬前進。」

以台灣為起點，用音樂向南島啟航、串連生命的連結，成為阿洛努力邁進的一條路，詢問「身為南島語族的自己還有什麼？」彷彿像祖先順著曾經航行的紋路前行，現在則用音符來指引。

在與南島音樂人接觸時，對方常會告訴阿洛：「妳知道我們的祖先是從台灣來的嗎？」在她心中投下極大震撼，「他們比我們更知道台灣這座島嶼很特別，而它也真的比想像中美麗。」

《你的島嶼我的家》萌生

幾年前阿洛有了創作跨島電影的想法，她以南島為主題的劇本，入選了2018年金馬創投。只是拍電影、尤其跨國製作，一定得花時間醞釀。阿洛決定從做專輯、節目開始，接觸並尋覓跨國夥伴，因此萌生《你的島嶼我的家》。

阿洛後來也為夢想辭去穩定的電視台工作，並找來阿美族好友A-Lin（黃麗玲）、舒米恩（Suming）及在紐西蘭知名度極高的三位毛利歌手梅西莉卡（Maisey Rika）、特洛伊金吉（Troy Kingi）、莉亞霍爾（Ria Hall）參與節目。

兩組團隊原定2020年初場勘田調完成後啟動拍攝，沒想到突如其來的COVID-19打亂製作節奏，未知的病毒與關閉的國境，吹熄了兩個南島民族間的音樂火花。

阿洛苦笑，曾數度掙扎是否該繼續進行，也動念退掉文化部的補助案，但最後還是咬緊牙根，決定記錄最真實的疫情生活樣貌，兩島各自拍攝，再透過網路對話、串連「島民」生活。

2020年，確實不是一個好過的年。

平時行程滿檔的A-Lin，原訂2019年小巨蛋演唱會結束後，在2020年展開一連串世界巡演，沒想到卻因疫情急踩煞車，被工作人員架著飛來飛去的行程表瞬時空了，自己反而生了場大病，這才知道平時生活有多高壓，同時也陷入究竟為什麼而活的困惑。

　　舒米恩則是面臨前所未有的低潮，一手創辦的阿米斯音樂節因疫情無法舉辦，讓他背下沉重的貸款，所有表演機會停擺，得裁去半數攜手打拚的工作室夥伴，身心皆受打擊，天天沉浸在憂鬱情緒，節目鏡頭還捕捉到銀行催收員來找舒米恩討論如何還款。

　　但也因為這個意外造訪的空白與停滯，從小在都市長大、不太會說母語的A-Lin，終於有機會成為一個真正的「阿美族」。第一次在部落待超過五天、第一次參加豐年祭、第一次坐在部落老人家門口學唱古調，嘗試以母語創作歌曲，和爸爸舒服地並肩走過沙攤，聊著部落歷史。

　　這一刻她不再是巡迴世界的明星，而是一個單純的部落孩子，把零碎四散的自己拼回一個完整的形狀。阿洛印象深刻，有一幕A-Lin含著淚對鏡頭說，她常到不同國家演出、看見不

同的城市燈光，常在想哪裡是屬於她的地方，透過這次溯源般的旅途，她現在心不再有懷疑，她知道自己的家在哪裡。

2020年低落到自嘲都躲在家裡哭的舒米恩，則讓阿洛嚇了一跳。兩人從小認識，阿洛從沒見過如此無助、天天失眠憂鬱的舒米恩。她能做的，就是藉由節目拍攝帶著舒米恩回部落、與家人耆老對話，尋找台灣的聲音，感受自然，也陪著他慢慢走過工作停滯期，鼓舞舒米恩如同當年他獲得金馬獎最佳原創電影歌曲所寫的《不要放棄》：「如果生命繼續向前，不論遇到壞的、好的，都是值得經驗的。」

鼻息交換的瞬間

漫長的歷史洪流中，祖先也曾一一挺過瘟疫、災難，阿洛希望透過節目傳達一個訊息，關於人類與自然共生共存的方法，無論是來自哪裡的原住民，都仍擁有祖先的智慧，阿洛相信災難都會過去，一切都會再來過，所以不要害怕面對。

節目拍攝期間，反而讓三位阿美族音樂人回到了家、回到部落、回到生命的原點，重新與自己對話，並找到能讓自己在

世界站穩的力量；也透過一通通越洋跨島的視訊對話、旋律，共享生命養分，語言隔閡早已不是問題，在動盪的2020年間彼此互相療癒。

有一回劇組開拍前夕，毛利歌手Maisey的公公突然病逝，拍攝計畫被迫取消，阿洛特別錄製影片給Maisey表達安慰，說著「阿美族面對生死，認為生命不曾離去，靈魂跟思念會隨著早晨的風，夜晚的星星，還有稻田裡面的香氣存在著。」面對跨海捎來的訊息，Maisey也透過影片致謝，感受來自海洋另一端的溫暖，也讓Maisey體認生命凋謝是必然的循環。

阿洛與我分享，毛利人有一個打招呼的方式叫做hongi（碰鼻禮），雙方鼻子互相碰觸，交換鼻息，當氣息交換的瞬間，靈魂就像確認了彼此的文化、氏族與生命，坦誠真摯，**觸碰次數越多，時間越長，則代表對方的重要性。**

我感覺他們這兩個月的拍攝，就像一個不間斷的遠端鼻息，長而深遠，一端向著遠方的海洋，另一端則向著各自內心，直直吹拂進心底、甚至靈魂。

我不是原住民，但聽著阿洛說著台灣是近四億南島語族的原鄉，說著祖先航海的必然，還有海島民族的使命與對「路」

的追尋，讓身處在同一座島嶼的我與有榮焉，感受到這座三萬六千平方公里的小島蘊含的能量。

不能小看自己的島嶼、也別忘記找到自己的原點，還有一顆溫暖誠摯的心，就像阿洛在《你的島嶼我的家》感受到的：「哪裡有愛，哪裡就是你的家，原來我的家比想像中更美麗。」

留住時代回眸
廟口前的台灣表演藝術

文／趙靜瑜
攝影／李佳曄　照片提供／國家兩廳院

　　年長的藝術家每次談起表藝初體驗，總說著小時候哪座哪座廟前，每逢神明生日或節慶喜事，總免不了有著扮戲酬神、娛樂鄉里。只要聽見遠方鑼鼓喧天、北管傳音，幼時的他（她）們就會搬著小凳子，跟著家人到戲棚前看戲。

　　看戲只是理由之一，台上唱的可歌可泣，或因忠孝難兩全，或因負心漢進京趕考攀上官宦千金，謀名為利遺棄糟糠，整齣戲常常是哭調悲曲，老人家是既心酸也流淚。這時小孩若還坐得住，就被繞進那百轉千迴的劇情中，感受傳統藝術的洗禮；但更多小孩的屁股早如著火般，領了五毛一塊就去旁邊買

糖葫蘆或麥芽餅，在戲棚腳下玩耍追逐。

留住土地的溫度

　　相對於此刻身處科技的世代，看戲是在網路上追韓劇、美劇，但農業社會裡的所有關係都很「真實」，就連追星打賞都是丟著沉甸甸的金條，而非給個藍色大拇指按讚，如何讓那樸實年代的溫馨細節被重新感動，只靠表藝團隊下鄉而沒有氛圍

營造，是無法支撐起時代的回眸，土地的溫度，更是無法留住藝術的感動。

2020年10、11月在全國幾間廟宇前演出的《十二碗菜歌》是一個成功的示範。

結合音樂、歌舞、戲劇，加上台灣人最愛的辦桌文化，國家兩廳院推出的音樂劇《十二碗菜歌》由樊宗錡編導，本土歌王楊烈與婆婆媽媽喜愛的蔡昌憲領銜主演。這齣歌舞音樂劇聯手多位劇場演員演繹總鋪師世家父子情，也將過往重要的辦桌菜餚帶到觀眾面前。

這樣的演出，沒有放在殿堂內，而是「出走」台灣各地。

傍晚天色未暗，台南歸仁仁壽宮廟前的大廣場已經排好椅子，不多時人已坐滿，一圈一圈人潮是來自台南各地的民眾，扶老攜幼、或站或坐，一對年輕夫妻就住附近，先生說很早以前歸仁這邊的粉絲專頁「我在歸仁的大小事」就已全力放送，「常來仁壽宮拜拜，但看戲是第一次。」

台南歸仁仁壽宮廟前大廣場上排好的椅子已滿是人潮，坐無虛席。

燴煮傳統台灣菜與文化的盛宴

根據清代方志陳文達《台灣縣志》記載，仁壽宮舊稱「大道公廟」，建於明鄭時期。廟中保生大帝神像據說是鄭成功叔父鄭鴻逵的部將吳鳩山，為祈求渡海平安，從福建白礁慈濟宮迎請而來。

最初神像供奉在「國公府」吳鳩山宅第內，因保生大帝靈驗，信眾漸多，而有建廟之議。最後由吳鳩山擔任爐主發起募捐，進而建廟，至今已成居民信仰中心。

能在仁壽宮前演出，主任委員張鈴宏表示非常高興，他說這附近都是學校，文風鼎盛，出了許多像陳錦芳、林榮德等藝術家，「只要辦藝術活動，就會有很多人來，像這種演出，都不需要擲筊問保生大帝同不同意，因為這是好事。」

舞台在演出前兩天已經搭起，簾前是總鋪師父子的人生滋味，簾後是熱騰騰、蓄勢待發的「辦桌」，邀請了台南地區的總鋪師們，包括施宗榮、蘇嘉進、李瑞旭、謝孟裕、陳振旺、施福財、陳天賞、陳上海、郭長庚與高景泉等，名廚們這晚都成了座上賓，扮起吃喜宴的臨演。因為辦桌，大家齊聚一堂，

台南總鋪師們辦桌菜雕工栩栩如生，擺盤澎湃。

都在等候一場燴煮台灣傳統菜與文化的盛宴。

總鋪師父子情　烹煮情感滋味

　　晚上七點準時開演，近二千名觀眾坐在台下看戲，戲中飾演「阿火師」的楊烈總是將好料留給鄉里老幼，因為農業時代資源匱乏、生活不易，辦桌時遇到主人家中拮据，楊烈就把自

己家的食材貼下去。

　　蔡昌憲飾演的兒子不解父親用意，認為父親從不顧家，當父親把家中最後一個豬腳送給鄰居，沒有留給母親過生日，兒子情緒終於如火山般爆發，雙方感情陷入冰點。母親過世，再也沒有溫柔的潤滑劑，蔡昌憲選擇離家出走。多年後回老家取油飯食譜時，才發現父親不善表達、卻充滿愛的用心，父子終於言歸於好。

　　平實的劇情搭配浮誇的歌舞，《十二碗菜歌》辨識度高，題材寫盡人心。老聽見後面年輕人們竊竊私語，「這講話好像我媽！」、「我爸就是這樣！」第一排前的搖滾區，則已坐滿了熟門熟路的小孩，歌是不會唱，但在台前跟著舞動，輕鬆自在。

　　故事原型是來自總舖師林明燦的人生。農業社會，台灣人每逢請神作醮或「八慶一喪」（生日、結婚、滿月、歸寧、開市、壽宴、入厝、續絃跟喪宴），大多會在廟口搭棚「辦桌」宴請親友，林明燦父親就是大名鼎鼎的「台灣辦桌祖師爺」林添盛，子承父業，林明燦不但帶著手路菜傳統而來，也持續精進台灣宴席菜，讓更多當代人接受。

煮菜說菜都是一絕

林明燦說，父親原本不讓他做這行，但他就很有興趣，默默在旁邊看，旁邊學，「我父親知道我在偷學，會故意在切菜時放慢刀工，讓我看清楚，辦桌時的順序技巧，也都會交代，但是父親就是典型的傳統台灣父親，用一貫的沉默代替溝通。」

阿燦師不僅拿起鍋鏟，還以總鋪師本尊粉墨客串，他說劇中楊烈對蔡昌憲耳提面命的「做一遍記到死」，就是來自父親的口頭禪；「說真的啦！」則是他自己的，說這句話時脫口而出的阿燦師，神情有一種自信滿滿的江湖氣，既正經又調皮。

阿燦師說，像「撒嬌喜全雞」是父親拿手菜，「但是菜名我取的。」阿燦師說，這道菜用台語唸就是「ㄙㄞㄋㄞ喜全家」，希望大家吃了雞都可以家庭和樂。還有一道菜叫做「酸菜鴨」是喪家菜代表。阿燦師說這有一種「駕鶴西歸」的意味，酸菜其實代表「子孫的辛酸」，心裡難過，「過去有錢人家就用鵝，比較窮困的、沒錢的就用鴨。」

阿燦師煮菜本領已不用多稱讚，說菜還說得溜，信手捻

來就是典故，也說出大時代裡的尋常人物。現在他除了煮菜、說菜，還多了一招「演戲」，歸仁戲散燈暗後，許多幕後人員都稱讚阿燦師演得好，走位、節奏都難不倒，「我2019年都演那麼多場了，現在卡熟練。」阿燦師上戲前還偷偷問蔡昌憲：「我們要不要來演故意忘詞？」

經典老歌引發共鳴

除了內容扎扎實實，既然形式是音樂劇，唱將唱得精采，音樂也必須用得精采。導演樊宗錡說，呼應時代感，《十二碗菜歌》用上多首經典老歌，開場組曲用音樂將現場氛圍快速轉換到五〇年代的農業台灣時空，希望呈現當時台灣人在困苦環境中，仍有不屈的樂觀。

戲中歌曲「另一種鄉愁」、「阮若打開心內的門窗」一出，台上台下立刻變成廣場KTV，大家唱成一片，氣氛熱烈。

樊宗錡說，這幾首歌各自都有一個明確也很濃厚的情感，「另一種鄉愁」日文原歌詞與旋律，有很深的孤獨感；「阮若打開心內的門窗」從女性口吻帶著細膩的柔情，思念家鄉的

人，但故事情境跟歌曲原意仍有出入，「我在歌曲出來前，先將角色心中的糾結引出來，再由如同旁觀者的總舖師唱出角色心聲，間奏部分加入戲劇對話，將人跟人之間說不出的情感，透過歌曲傳達出來。」

像中間有一段年輕人才剛新婚，沒想到女方卻因故身亡，男方被迫速迎續絃的故事，樊宗錡就用了「另一種鄉愁」，中日文都唱，「這首歌日文原歌詞更清楚，述說了男人不能哭的感受。很大的悲傷都往心裡面吞，卻無法跟任何人訴說的愁，沒有人會知道原來這個男人心裡背著這樣的故事，用在這裡很貼切。」續絃這場戲用了這首歌，果然催淚。

樊宗錡說，《十二碗菜歌》主要情節是父子之間的隔閡，換句話說，父子兩人的心門都是關起來的，「這場戲的安排，想透過女性的歌聲把兩人情感串起來，有點像一些家庭中父子兩人在鬧彆扭時，媽媽出來講一句話就化解糾紛的感覺。」

「阮若打開心內的窗」是最早確定要放的歌，樊宗錡說，「古早老歌常常很直接，頭幾句就把歌曲概念大方拋出來，很精練，歌詞中『阮若打開心內的窗，就會看見五彩的春光』就是非常直接在呼應這對父子的不善溝通。」

把表演重新放回生活之中

這個表演最強的不在演出，而在於周邊的氣氛。

演出時，舞台上有阿燦師親自烹調的十多桌辦桌菜，除了當地來賓，還邀請幸運觀眾入席臨演，一邊看戲一邊吃辦桌。台下觀眾眼睛忙，嘴巴也沒閒，中場休息時現場發起油飯，事前宣導「鄉親哪，現場以歌舞戲為主，辦桌為輔，請甲飽再攔來！」但也大聲宣告帶著環保碗筷，結束後可以喝碗菜尾湯。秋夜微涼晚風輕拂，台上台下滿溢的是溫暖的人情味與嘴裡的古早味。

台上演的是過去記憶，姐看的可是未來美好的回憶，這不正是表演藝術最美好的力量！雖不曾在戲棚下鑽來鑽去看戲嬉鬧，但已經有可以用來說嘴的廟口看戲體驗啊。

舞出文化自信
成就軟實力經濟

文、攝影／呂欣憓

　　2021年夏天，來自泰國的LISA在自己國家掀起了一場旋風，本名Lalisa Manoban的LISA是韓國女團BLACKPINK的成員，她在9月10日首次推出與自己本名同名的單曲LALISA，立刻轟動全泰國，MV上線一小時點閱人次就破千萬。LISA這支MV帶來的不只是點閱率和音樂成就，更為泰國人帶來了無比的文化自信。

LISA經濟學　分享泰國文化更帶動買氣

　　LISA首次以個人身分出的單曲，自然要凸顯LISA的泰國

身分和認同，來自泰國東北武里喃府（Buriram）的LISA，在單曲MV身穿傳統服飾、頭戴傳統飾品，在仿武里喃府著名的歷史遺跡帕農藍神廟（Phanom Rung Historical Park）的建築物前熱舞，引爆一波泰國人追尋傳統文化的熱潮。

LISA在接受網路媒體訪問時提到，這張單曲對她意義重大，所以要在單曲中凸顯「我是誰」。她和製作人討論後決定在曲中編入泰國音樂，MV中更充滿濃厚的泰國元素，像是泰文招牌。至於競速片段代表武里喃府知名的賽車比賽，在仿神廟建築前熱舞時，身上服飾也都由泰國品牌設計。

這股傳統文化熱潮更進一步帶動一波新的LISA經濟學，在曼谷市中心的帕胡拉市場（Phahurat Market），LALISA這支MV推出後幾天，她穿的泰國服飾以及頭上的傳統飾品，立刻成為市集裡最多人詢問的產品。

泰國因為COVID-19疫情禁止外國觀光客入境，市場生意已經慘澹，4月爆發第三波疫情後，學校無法開學、表演無法登場，生意更是一落千丈。

Ubon飾品店的老闆娘Ooi在中央社記者走進店內時忙著在彩繪手上的泰國頭飾，她說，單曲推出後兩天，很多人指定

要買LISA戴的頭飾，她乾脆在店外貼出LISA的海報，並在店外設了一張桌子，專門擺出和LISA同款的頭飾，Ooi感謝LISA幫忙分享泰國文化，也為店家帶來生意。

泰國飾品店貼出LISA海報便於消費者選購同款傳統頭飾。

另一間Sayumporn飾品店的老闆也在LISA推出單曲後，不斷收到顧客詢問要買LISA戴的頭飾，有些人是自己戴，有些則是買了供表演使用，她認為LISA讓更多人關注泰國文化藝術。

在一旁的年輕店員Neem聽了點頭如搗蒜，年僅二十歲的Neem是LISA的忠實粉絲，她說LISA只要接受訪問都會提到泰國，很感謝LISA讓年輕人與外國人知道泰國文化。

二十九歲的Pat是LISA、也是BLACKPINK的粉絲，她接受中央社訪問時指出，不是那麼多人認識泰國，也不是很多人知道泰國的流行音樂，受到LISA的影響，即使遠在

烏拉圭都有LISA的粉絲，就連她的媽媽本來不認識LISA或BLACKPINK，但因為這支MV，也開始欣賞起LISA的音樂。

Pat說，雖然LISA在韓國發展，但她總是告訴大家她是泰國人，很多人因此更想了解泰國。Pat笑說，很多人搞混泰國和台灣，很多人甚至不知道泰國的存在，「LISA讓更多人知道泰國，她為泰國人帶來了驕傲。」

推廣泰式創意經濟　擴大國家能見度

如果要用現在的網路流行語形容，LISA簡直就是泰國的「帶貨王」，她不只帶起傳統服飾的購買風潮，連食物都在LISA的守備範圍內。

LISA推出單曲後接受泰國媒體訪問時提到，若能返鄉一趟，她最想嘗的就是家鄉武里喃府火車站前的一間肉丸店，搭上當地獨有的辣椒醬。就這樣一段話，武里喃府的肉丸攤販大排長龍，每間店營業額從每天數百泰銖增加到上萬泰銖，多數來自其他府的訂單，業績暴增讓受疫情影響的攤販們樂得合不攏嘴，承諾LISA回泰國的話一定讓她免費吃到飽。

不只一般民眾，泰國政治人物也感受到了LISA旋風，總理帕拉育（Prayut Chan-o-cha）盛讚LISA將泰國文化元素放入MV，鼓勵從事創作的年輕人把泰國元素放入作品，這是一種可以帶動經濟發展的軟實力。總理府發言人塔納功（Thanakorn Wangboonkongchana）則指出，政府正在推廣泰式創意經濟，例如音樂、表演藝術、設計、時尚、文化旅遊，甚至美食等，努力擴大泰國軟實力在更多國家的能見度。

營多麵創造集體記憶
印尼人最愛本土品牌

文、攝影／石秀娟

　　印尼民眾最愛、最常買、最自豪的本土消費性商品，就是營多麵（Indomie）。營多麵在印尼是泡麵的代名詞，售價便宜，人人吃得起，口味多樣，常吃也不膩。問印尼人為何喜歡營多麵，最常聽到的回答是，「誰能拒絕得了營多麵？」

營多麵銷量在疫情下仍強勁成長

　　根據消費趨勢機構凱度（Kantar）2020年的品牌足跡（Brand Footprint）報告，營多麵再度蟬聯印尼快速消費品項的品牌冠軍，在印尼泡麵市場市占率超過七成，COVID-19嚴

重衝擊民生經濟，營多麵的銷量強勁逆勢成長。

說營多麵是印尼「國民食物」並不為過。不過，印尼其實是米食大國，肯德基、麥當勞等西式速食來到印尼也必須有「炸雞、可樂、白飯」的組合。

研究食物歷史的印尼帕加加冷大學（Padjajaran University）歷史系教授法德利（Fadly Rahman）接受中央社訪問時指出，麵食並非印尼的傳統飲食文化，但談到印尼的飲食消費文化，就不可不談到營多麵。

法德利說，印尼飲食文化豐富，但每天必吃的是米飯，營多麵問世後，因價格便宜、烹調方便，讓營多麵成為主食選項之一，尤其受中下階層民眾歡迎。

營多麵（Indomie）是印尼最大食品製造商Indofood公司的產品，Indo代表的是印尼（Indonesia）、mie則是印尼文的麵。法德利

營多麵創造很多印尼社會集體記憶，口味涵括印尼各地傳統美食，行銷全世界，形成軟實力外交。

說，營多麵的名稱將印尼與麵結合，創造「營多麵等於印尼」的印象，也成功讓營多麵成為親民的家常食物。

法德利指出，營多麵創造很多印尼民眾的集體記憶，因此，講到泡麵，大家都說營多麵，營多麵成為泡麵的代名詞。例如，營多麵在1980年代推出炒麵系列，創造炒麵的風味；在這之前，印尼沒有炒麵這道料理。

他也舉例，2011年發生俗稱「仁當」（Rendang）的燉牛肉是源自印尼或馬來西亞的爭議，印尼民眾非常激動，極力捍衛「仁當」是印尼西蘇門答臘省（West Sumatra）的美食，Indofood即推出「仁當」口味的營多麵，宣示主權。

印尼人口二點六億，根據世界泡麵協會（World Instant Noodles Association）統計，印尼是全球第二大泡麵市場，一年的消費量約一百三十二億包，次於中國。凱度的品牌足跡報告指出，營多麵行銷全球超過六十國，在非洲尤其受到歡迎。

外交軟實力　營多麵開拓市場也推廣美食文化

千島之國印尼是多元族群國家，營多麵涵括各地美食風

味。

除了「仁當」口味，營多麵還有同樣來自蘇門答臘島的亞齊（Aceh）、棉蘭（Medan）、巴東（Padang）等地的特色調味，也有來自爪哇島的東爪哇名菜牛肋口味、來自馬杜拉島（Madura）的沙爹（Satay），以及古稱巴達維亞（Betawi）的雅加達牛肉蔬菜湯等。

法德利指出，印尼的飲食文化非常豐富，營多麵開拓全球市場的同時，也將印尼的美食文化推銷到世界，間接形成一種泡麵的「軟實力外交」。

營多麵非常便宜，許多口味在便利商店的價位僅不到兩千五百印尼盾（約新台幣五元）左右，加上蛋、蔬菜、肉丸等配料，就是令許多印尼人大感滿足的平凡美味。

印尼網紅創作團體「skinnyindonesian24」多年前寫過一首「營多麵，來自印尼的麵」的嘻哈歌曲，其中提到，如果你餓了，「不要感到沮喪」、「不要感到放棄」，一碗營多麵，「很便宜就能解決（一餐）」。

印尼民眾瑞妮（Reni Oktari）說，她喜歡營多麵，因為口味很多種，很對她的胃口。她說，印尼社會非常多元，不論從

族群、宗教或經濟方面，背景很多樣化，有人很有錢、有人很窮。儘管如此不同，大家都喜歡營多麵，因為營多麵很便宜、很美味，營多麵將印尼人團結起來。

營多麵小販伊戈利（Igoy）說，他通常會加鹹牛肉、起司和肉丸等配料。營多麵很便宜，加蛋和青菜的基本組合只要印尼盾一萬元（約新台幣二十元）。他通常建議外國客人先嘗試炒麵加肉丸，他相信沒人抗拒得了營多麵。

營多麵裡加入蛋、蔬菜、肉丸等配料，就是美味的一餐。

安哥拉山羊毛
土耳其失手的財富

文、攝影／何宏儒

　　原產於安卡拉的安哥拉山羊生產舉世最高級動物紡織纖維原料之一，還意外地為南非開創蓬勃產業。土耳其現在反而得重新開始，希望照射出鄂圖曼帝國時期曾經色彩斑斕的那道榮光。

　　馬海毛（mohair）是什麼，跟馬或海馬有關係嗎？

　　有人形容馬海毛毛衣「比擁抱更暖、比親吻更軟、天然立體色澤閃閃發光」。蘇格蘭一家織襪品牌業者稱之介於棉和羊絨之間的「鑽石纖維」。《富比世》（*Forbes*）雜誌說它擁有「耐磨材質和亮麗光澤，兼具柔軟」。

剛從安哥拉山羊身上剪下的馬海毛。

馬海毛外匯收入可觀　原產地土耳其卻未蒙其利

　　馬海毛其實是對安哥拉山羊（Angora goat）被毛的專稱。安哥拉是土耳其首都安卡拉的古名，它的原產地不言自明。當代土耳其學界研究發現，「馬海毛產業」十六到十八世紀間為安卡拉人創造許多工作機會，曾是鄂圖曼帝國最重要出口收入。

　　由於它是全球市場上最高級動物紡織纖維原料之一，時至今日，奢華的屬性使得馬海毛常跟時尚和潮流畫上等號，創造了可觀的外匯收入，但是原產地土耳其卻沒有同蒙其利。

　　養羊人梅赫梅特（Mehmet）家族是專業養羊人家，他

祖父開始在安卡拉省的丘陵地養羊，家族目前在阿亞許縣（Ayas）、巴倫縣（Baglum）等地飼養大約四千隻安哥拉山羊。

他指出，1959年土耳其飼養的安哥拉山羊總數創歷來之最達六千萬隻，占全球八成；年產一萬噸馬海毛原料也在土耳其進行加工。但是產業景氣每下愈況。

「隨著森林法立法，以及各種人造纖維相繼問世，有較便宜衣著選項，導致產業變化很大。」梅赫梅特告訴中央社記者：「森林法禁止在森林中飼養動物，造成生產環境改變極大，羊隻數量越來越少，（土耳其的）馬海毛產量也就沒有之前多。」

梅赫梅特說：「他們過去販售馬海毛的時候有計算過，一公斤馬海毛與一公克黃金等值，曾經依照金價在販售，帶來可觀的收入。」

馬海毛歷史悠久　最早紀錄為西元前二十世紀

馬海毛可能是人類使用的最古老動物纖維之一。安哥拉山

十六到十八世紀間，從安哥拉山羊身上取得「馬海毛」並予以加工，為安卡拉人創造許多工作機會，是鄂圖曼帝國最重要出口收入。

羊最原始棲地據說在西藏。對馬海毛最早記載有一說是它曾出現在三千四百多年前舊約聖經出埃及記中。但經文提到的「山羊毛」是否就是馬海毛已不可考。

三位土耳其學者2019年撰文指出，西元前二十世紀西台文明（Hittite）古物曾使用馬海毛作原料，是它在安納托利亞出現的最早紀錄。

安卡拉農業當局1940年出版的調查指出，十三世紀突厥游牧民族把安哥拉山羊帶進安納托利亞，牠們適應了當地的氣候和環境。經數世紀繁衍，當時的旅遊書歸結出，安哥拉山羊生活在土耳其兩條大河克孜勒河（Kız ılırmak River）和薩卡里亞河（Sakarya River）之間，大抵就是安納托利亞高原中部。

十七世紀鄂圖曼帝國旅行家切雷比（Evliya Celebi）則明確寫下安哥拉山羊就是生長在安卡拉省，強調他在其他地方沒有看過這種動物。切雷比曾於1648年行旅安卡拉省。

安卡拉省的馬海毛合作社（Tiftikbirlik）網站指出，mohair一詞源自鄂圖曼語mukhaya，意思是「閃亮羊毛製成的衣服」。官網指出，十四、十五世紀伊斯蘭教著名蘇菲派詩人哈吉拜拉姆（Haci Bayram Veli）用馬海毛織出的布料質地像

絲一般，獻給鄂圖曼帝國蘇丹。

蘇丹知道馬海毛的價值，長達數個世紀禁止出口安哥拉山羊，直到英國女王維多利亞叩關才被迫解禁，首批安哥拉山羊於1838年抵達南非。儘管蘇丹下令上船之前先將十二隻公羊絕育，但唯一的母羊居然奇蹟似地在航程中產下一頭小公羊。上船之前就已受孕的母羊意外地成為南非馬海毛產業蓬勃發展的濫觴。

美國德州後來也成為產業重鎮。1860年當地一頭安哥拉山羊要價一千五百美元，甚至秤重以等值銀價販售。

據土耳其海關和貿易部統計顯示，2012年全球馬海毛產量為：南非二三二〇噸、賴索托七七〇噸、阿根廷六〇〇噸、美國二一〇噸、土耳其一九〇噸、澳洲一六〇噸、紐西蘭五〇噸，其他國家共三〇〇噸。相形之下，原產地土耳其的產量黯然失色。

安卡拉養羊人梅赫梅特說，政府發現安哥拉山羊數量一天比一天少，2006年終於開始支持繁殖計畫，「政府也不希望安哥拉山羊從安卡拉消失」。

重振產業　提升養殖品質與編織技藝

中央社記者於2021年4、5月間分別走訪距安卡拉市區車程約一個半小時的古杜爾縣、阿亞許縣，起伏丘陵中可以看到一群又一群正在吃草的安哥拉山羊成羊。

像古杜爾縣（Gudul）博伊阿惹村（Boyali）養羊人圖費克吉（Tufekci）就說，村子裡有十到十五戶人家一共養了一萬五千隻到兩萬隻安哥拉山羊。4月採訪時，他養了五百隻公羊、四百隻母羊、兩百六十隻剛出生的羔羊。4月開始進入安哥拉山羊的生產期，他現在想必擁有更多小羊了。

「這樣的努力開始奏效，養羊收入慢慢提高，養羊事業開始恢復。」梅赫梅特表示：「目前土耳其約有六萬隻安哥拉山羊。有了如此願景，我期盼羊隻數將會越來越多。過去七、八年來我們致力提升品質，每年都會進行選種，現在已經找出真正具競爭力的馬海毛品質。」

「唯一問題在於市場行銷」，梅赫梅特這麼認為。

不過事情可能沒有那麼簡單。政府銳意重振馬海毛產業，但是用馬海毛製作毛線和編織布料的傳統技藝早就失傳了數十

①一群安哥拉山羊羔羊在農場上奔馳。

②安卡拉克孜勒賈哈馬姆公共教育學校設置工作坊，教導婦女依傳統方式，運用取自安哥拉山羊的馬海毛織布。

年。

　為了找出製作好品質毛線和織布的方法，距安卡拉市中心約一小時車程的安卡拉克孜勒賈哈馬姆公共教育學校（Ankara Kizilcahamam Halk Egitim Kurslari）耗時數年拜訪耆老和蒐集資料。

　「我們決定在公立學校裡教學，於是到村子裡跟老人家請益，認真地研究了將近三年，終於找出傳統做法，科學地記錄下製作織品方法並出書保存。」學校經理居爾坎（Gurkan）告訴中央社記者：「我們熬過了最艱難階段，找出十一、十二道不同的製作過程。我們現在終於可以自己製作織品，將馬海毛穿在身上。」

　居爾坎表示，鄂圖曼帝國時期曾廣為產製用馬海毛編織的布料，品質非常好，冬暖夏涼而且不會造成過敏，是非常有益健康的布料。

　澤吉耶（Zekiye）在這所訓練技能為主的學校裡擔任手工藝教師。她表示，學校已經訓練七名種子教師，設置工作坊，有二十名婦女參與學習計畫，「羊毛編織非常困難，線很容易斷掉，必須非常有耐心。新生得先學棉織七個月，才開始用羊

毛編織」。

　她說：「若真主應允，我們將會生產很多馬海毛編織的布料。我們要一直做下去。」

讓人信任的鐵鑄鍋
呂紹嘉的交響樂團管理學

文／趙靜瑜
照片提供／國家交響樂團

　　隨樂團出國採訪返國，一出機門，前面幾個團員很自然跟著前面的首席與指揮走，沒想到首席只是要去洗手間，其他團員包括我不疑有它，跟著指揮繼續順勢往前，邊聊天邊過海關，結果原本要入境領行李的是第二航廈，我們走到了第一航廈。

　　循原路到海關註銷入境，重返轉機廊道，坐上航廈往返電車，迷路六人組這才放下心來，嘻嘻哈哈地拍了張傻照作為紀念。然後團員老師們就說，平常工作就是跟著指揮跟首席，已經很習慣，沒想到這次跟了，意外第一次在桃機迷了路。

　　這只是小插曲，但也足以證明，在交響樂團的世界裡，「指揮是上帝」這件事是如何深深影響團員的心（智）。

指揮掌舵團員協力　開出信任之花

　　指揮是樂團的掌舵者，透過身體語言透過驅動每一個聲部，透過樂譜為基底，展現樂音。或弦樂聲部只知道自己的音符強弱，不知道那個弱拍必須與管樂聲部在某一個樂段的歇止一致，有時得等等他們；或打擊樂某一顆鼓音沒有及時出來，那象徵命運的樂思就不完整，這也都得靠指揮把所有樂器如母親的針線般密密縫在一起。於是台上團員信任著指揮，台下樂迷信任著樂團，在信任的基礎之下協力同心，才能共同擁有音樂美好的瞬間。

　　要開出信任之花需要多久時間？國家交響樂團音樂總監呂紹嘉從2010年上任以來，沒有一刻不在取水澆灌。兩任共十年不算短的時間，團員與呂紹嘉互相磨合，從被動的「配合辦理」到主動的「情感交流」，一次次在舞台上創造奇蹟。

　　呂紹嘉是台灣本土培養的音樂家，當年法國貝桑松、義大利佩卓地和荷蘭孔德拉辛三大國際指揮大賽首獎到手，那真是貨真價實，閃亮亮的台灣指揮之光。1994年他為已故大指揮家傑利畢達克代打上陣指揮訪台的慕尼黑愛樂，贏得樂團激賞。

歷任柏林喜歌劇院首席駐團指揮，德國國家萊茵愛樂交響樂團及德國漢諾威國家歌劇院音樂總監，備受國際肯定。

2006年，呂紹嘉主動不續約漢諾威歌劇院音樂總監一職，這一空就是四年。他不急著尋找下一個固定職位，而是接了許多客席，人生時光悠遊起來，他光是在雪梨歌劇院指揮《蝴蝶夫人》就超過三十場，住在澳洲超過三個月；北歐、亞洲與中國也都有他的指揮身影，不客席的時間，呂紹嘉待在漢諾威家中，大量閱讀，彈琴看總譜，去家後面的森林散步，傍晚帶著女兒慕茵去動物園看猛禽，那是他的充電時光，獅子是他的最愛。

呂紹嘉帶領NSO朝國際化交響樂團發展。

十年NSO任期　讓交響樂成為台灣驕傲

2008年趁著一點點採訪空檔，與友人坐著火車從漢堡到漢諾威去看他，當時的他一點都不了解台灣的樂壇現況，雖然很多「大老」希望他回台灣擔任國家交響樂團音樂總監，團員的推薦名單也始終有他，但他終究對於回台灣這件事有著疑慮。他雖然沒有明說，但他定居歐洲，在歌劇院、音樂廳裡南征北討，思想上根本就是個德國人了，這樣的文化差異要如何在人情交錯，稱兄道弟的台灣樂壇全身而退，再再讓他陷入長考。

事後他說，不可否認，那趟我與友人勸進的火車之旅是一個「觸媒」，讓他知道台灣需要他。

2009年，當年是國家兩廳院董事長，後來也是曾任公視董事長的陳郁秀誠意盛邀，呂紹嘉終於點頭。2010年呂紹嘉正式接下國家交響樂團音樂總監，一任五年，2015年第二任又再續了五年。

在呂紹嘉擔任音樂總監任內，NSO國家交響樂團拉開大步，朝國際化交響樂團發展，樂團對內建立樂季制度，除了德奧等經典古典音樂傳統曲目之外，呂紹嘉積極挖掘稀有但重要的曲目，積累團員實力；每個樂季的歌劇製作更是年度表演藝術焦點。對外呂紹嘉帶領樂團遠征歐、美及亞洲巡演，每一場

定點演出都讓當地樂界驚豔，在海外的巡演裡，他一定帶去台灣作曲家的音樂，細細整理，傳遞台灣之音。

即使如此長時間地相處，仍有團員私下表示看不懂呂紹嘉的指揮，「指揮手勢要清楚這不是最基本的嗎？」同樣是拍點不清楚的感受，也有團員形容呂紹嘉指揮時雙手搖動彷彿雲裡來霧裡去，連五根手指頭都代表不同的內心戲，但說也奇怪，只要專注跟著，各聲部都可以相互鋪疊，無縫接軌，呂紹嘉個人形而上的音樂詮釋透過指尖傳遞，樂團各聲部如室內樂般緊密連結、呼吸跟對話，全然融為一體，音樂反而到達了另一種更深層的哲學境界，不但揪心勾魂，更有讓人熱淚盈眶的魅力。

精熬慢燉　獨到的音樂詮釋令人動容

能做出如此撩人的音樂，內心世界必然澎湃，實在不要被呂紹嘉溫雅嚴肅的外表給矇了。呂紹嘉就像口重到只用一手拿會立刻扭傷的鐵鑄鍋，平常洗刷刷乾淨收進櫥櫃裡還得用紙盒保護，但只要一出任務，讓樂思與他獨到的詮釋一起花時間烹煮，掀起鍋蓋的那一刻，芳香撲鼻，美味滿溢，你只能偷偷在台下讚嘆，哎呀呀這鍋怎麼這麼厲害，明明大多是異國食材，

呂紹嘉帶領NSO用獨特的音樂語言向世界發聲。

怎會有著讓人想掉淚的，濃濃的台灣味。

轉了團員的感受，呂紹嘉只說，國家交響樂團的團員們早就遠遠超過看著指揮打拍點才能演奏的程度了，「我不是這樣看待他們的，我常常認為，團員們常常不知道自己有多好，大家也不要誤以為國外的樂團就一定比較厲害，我們已經可以用我們獨特的音樂語言向世界發聲。」

文化自信，就從這一刻開始。

十年任期，在2020年年中約滿後畫下句點。和之前漢諾威歌劇院音樂總監一職一樣，呂紹嘉主動宣布不再續約，將再次恢復自由之身。呂紹嘉說，留或不留對他來說就是一種直覺，「水到渠成，我們指揮這一行，該是你的就是你的，唯一能做的，就是好好準備自己。」

下次燜燒掀蓋的那一刻，大家可要跟上。

那片像葡萄園酒莊的
芭樂田

文／趙靜瑜
照片提供／潘彥升

越在地，越國際。

近年有越來越多青年選擇返鄉，不管是回鄉種稻、種咖啡豆或是從事傳統產業的創新與再造，除了出自對於家鄉土地的熱愛，他們選擇了一種生活方式，透過所學或是創意，讓故鄉的土地果實收成進化，獲得新氣象。

「挽菓子」就是一例。

2022年農曆3月，下午三點的屏東潮州依舊炎熱，連小車都無法迴轉的田間道路右邊，有著各式各樣太陽能板，收集著南台灣的陽光，變成綠能；而左邊的另一片田，樹枝低矮，整

齊綿延，讓芭樂可以寬闊的生長，每一顆都能照到陽光；土質乾爽，偶有涼風徐徐吹來，讓人想起加州的葡萄酒莊，只是手中的紅酒杯換成了纖維細緻，先酸後甘的芭樂。

為父親種的果實做品牌

歷經三代耕作，這片田過往種植過木瓜、蓮霧、土芒果、香蕉等不同作物，現在，透過政府種苗改良，潘家父子潘連進與潘彥升將主力放在芒果與番石榴，以「挽菓子」品牌做行銷與推廣，至今每年九成外銷，台灣只留一成做禮盒販售，訂單絡繹不絕。

負責自家農產「挽菓子」品牌管理，處理對外銷售、行政及對外聯繫工作的潘彥升，是青年返鄉的實例。潘彥升是家中比較會念書的那一個，也是不會務農的那一個，背負家族期待離家北上，到台北讀大學，父母親也希望他能跑得越遠越好，但念完大學之後，他還是包包款好，回到了老家。

「我一開始也沒有想過要回來。」二十五歲的潘彥升一臉無辜，念的是東吳大學中文系，輔修政治系，還是學校合唱

隨著經濟發展，自日治時期台糖種植甘蔗起，歷經蕃薯、檳榔、香蕉、蓮霧及木瓜
等作物，現在潘家父子將主力放在芒果與番石榴等農政機關改良的新品種。

團成員，愛唱歌，也喜歡進音樂廳聆賞音樂。選擇回到潮州完全出於自願，等於割捨所有的興趣，但是一次在台北百貨公司地下街的超市展架上，看見了父親種植的水果，改變了他的選擇。

潘彥升說，當他看見父親辛苦種植的水果，上面標註的價格是連種植者也買不起的價錢時，「我直接傻了，愣在那邊，大概父親的收入跟上面的價格差價有六倍之多，久久不能理解。」潘彥升知道家裡在做的是以更環保更進化的方式種植，但是中間層層程序，得不到應有的報酬，就在那時候，潘彥升開始有一點對家族農作的不同想法。大四上學期，潘彥升開始想畢業之後工作的事情，跟家人認真討論回家做品牌的想法，「我給他起了個名字叫挽菓子。」

「挽菓子」的台語讀「ㄇㄢ龜記」，潘彥升說他想起自己的父親認真工作時的模樣，想要跟大家分享父親的故事，「無論是芭樂或是芒果，都是父親跟家人一顆一顆仔細挑選，用剪下收妥的『ㄇㄢ』，而不是直接拔下、用力剷。」潘彥升舉例，就像挽面和挽仙桃，「肯定是用挽的比較小心翼翼。」

蜜雪芒果外皮從紅到黃香甜多汁，而珍翠番石榴為改良品種，外型偏圓。

逆轉水果店最好的位置

獲得家人的同意，潘彥升開始打造品牌，「我發現台灣雖然是水果王國，但水果店裡最好的位置擺的都是日本禮盒，台灣水果只停留在新鮮便宜好吃，我希望可以讓台灣的水果更有質感，栽種過程也更環保，就從自己家的作物開始。」

從2013年，潘彥升父親潘連進從高雄區農業改良場取得技術轉移，種植「芒果高雄4號－蜜雪」，2018年取得「番石榴高雄2號－珍翠」種植技術轉移，兩者外型飽滿漂亮，芒果外皮有著從紅到黃的大自然漸層，香甜多汁；芭樂外型光滑偏圓，遠遠就聞到芭樂的香氣，兩者都深受市場青睞。

「挽菓子」的珍翠番石榴扦插法
育苗作業。

　　潘彥升說，高雄區農業改良場研發的品種，都是經由雜交授粉後的數萬株小苗逐一選育汰選而來，研發出適種且具市場潛力的品種至少要花十年，更精緻進化也更受市場喜愛。他們家就是跟高雄區農業改良場合作，超過一百五十萬買斷技術，讓品種、品質、品味三者兼具，「好的種苗占七成，農民的付出占了三成，加在一起，才會有好的果實。」

　　潘彥升說，目前家裡育苗場有兩種截然不同的育苗方式，分別是「扦插」與「高壓」，「扦插」是剪下末梢枝條插在混合介質土中使其生根、發芽，潘彥升說他們將含有對葉的短莖插入經混合過的介質土，配合準確溫濕度控制，已經做到可以生出一顆芭樂苗。

難道芭樂不是芭樂籽種出來的嗎？潘彥升說，芭樂籽種出來的芭樂，子代跟母代會有些許性徵不同，但他父親選種的方式，會讓每一顆生長出來的品質都相同，更能確保品質。

「高壓」則是在較粗的枝條剝皮，顯露出木質部並包上水草使其生根，之後便可截下成為新的植株。

呼應環保　介質土重複使用

潘彥升說，這些扦插使用的混合介質土，是以天然礦物如石灰岩和雲母製作且多仰賴進口，苗木成長移盆後使用過的介質土，經過他實驗發現，經過曝曬等處理的介質土其實是可以重複使用的，如此一來就能減少大量的棄置及衍生的碳足跡。

「高壓」要用到的水草，平常多作為蘭花業的植料，其實它不容易腐敗，質量好的甚至可以用二到三年，潘彥升表示除了自行購買，也會跟鄰近的多家蘭花業者索取棄置的蘭花，「去除蘭花後的水草植料，我們洗淨處理之後，就能變廢為寶，你的廢料成為我的肥料，除了更經濟，還能減少來源國對山區野地水草的採集。」

三代務農　好好耕耘一畝田

　　第一代張秀花十八歲嫁到潮州後，就像種菓子般，在潮州種下了「挽菓子」的種子。經過了第二代潘連進對技術上的精進與研究，再到2019年由第三代潘彥升成立「挽菓子」品牌，一代代地對技術更深入、改良，也讓挽菓子繼續發揚光大。

　　每個人都有自己的一畝田，也許有一天，這畝田也會成為像加州葡萄園衍生的酒莊般，成為眾人品菓的美樂地。

因理想而勇敢

那就唱到不能呼吸為止吧

文／邱祖胤
照片提供／風潮音樂

在《斯卡羅》中飾演大股頭的查馬克‧法拉屋樂過世了，早在傳出他病重的新聞，就覺得眼熟，等到確定他就是那位在屏東泰武國小任教、並帶領學生揚威國際的查馬克，才感到震驚，多年前曾經下屏東採訪過他，印象中那位無可救藥的樂觀主義者，身壯如牛的排灣族勇士，怎麼說走就走了呢？

決心找回部落美麗歌曲　響徹大武山天空

他是這樣一個陽光男孩，熱血青年，高中時期聽到一張專輯CD收錄著排灣族的傳統歌曲，都是自己從小就熟悉的曲調，想要開口唱，卻驚呆了，竟然一句都唱不出來，豈有此

理。

　他不甘心如此美麗的文化斷送在他這一代年輕人手裡，便暗自發誓，總有一天一定要把這些美麗的歌曲全部找回來，然後教給所有的族人，讓這些歌聲傳唱整個部落，響徹大武山的天空。

　後來的故事，大家都知道了，體育系畢業之後，查馬克回鄉任教，他不會看五線譜，就用最笨的方法，拿著錄音機拜訪部落老人，請他們一句一句教他，歌詞則用羅馬拼音記下來，幾年下來，竟也記下了數十首歌曲。

　2005年，泰武國小古謠傳唱隊成立，他們學習的方式也跟他們的老師查馬克一樣，老師教一句，學生唱一句，他們同樣連五線譜都不會看，也不懂樂理，卻因為古老曲調的動人旋律，以及原住民獨特的嗓音，感動了許多人，他們不僅在全國合唱比賽拿到佳績，好聲音更傳到國外，引起許多人注意。

　六度榮獲葛萊美獎的美籍華裔音樂人何保泰（Daniel Ho）形容這群孩子的歌聲：「才聽幾句就讓人熱淚盈眶，幾度令人啞口無言，全身起雞皮疙瘩，不明白這樣的聲音是怎樣唱出來的。」

查馬克說，他也不明白為什麼會這樣，也許這就是文化的力量吧，「我們的基因裡就是會唱這樣的歌，一旦跟對的旋律、對的歌詞對上了，唱出來的就是靈魂的聲音，連祖靈都跟著我們一起歌唱。」

古謠傳唱隊不能解散　只為文化傳承

無奈，2009年發生莫拉克颱風，重創泰武鄉山區，泰武國小地基位移，被迫遷校，兩年內遷了四次，查馬克卻堅持古謠傳唱隊不能解散，自己寧可開著車子一個一個去載到學校來練，他堅持練習不能中斷，「因為文化的傳承是在跟時間賽跑。」

面對族人的反對，面對天災的無情，他依然遊走在山間溫馨接送，每一趟來回就是三小時，練習又是數個小時，但一切辛苦都是值得的，幾次部落節慶演出，孩子們的歌聲讓族人及老人們感動落淚，查馬克知道，他做的是對的事。

在採訪的過程中，你知道這個年輕人不一樣，外表像個搖滾歌手，笑容總是陽光燦爛，但鐵打的身體總是會累，鏡頭

外，卸下心防，蛻去笑容，總覺得他有心事，在《斯卡羅》中，他大部分都是那張不笑的臉，壓力山大。壓力真有那麼大？當然，未來的事，誰說得準？一個部落文化的傳承，落在一個年輕人的肩頭，想必是沉重的。

他說，他會一直教下去，教到不能呼吸為止。

我不明白他為何能輕易說出「不能呼吸」這樣的字眼，後來明白了。生活的壓力，隨時可能崩塌的地基，遷校的變數，這樣是要如何能維持一支古謠傳唱隊？然後歌曲太美，曲調太動人，歌詞幾乎承載了千百年的部落文化與智慧，能放棄嗎？非關個人榮辱，當然只能一直教，一直唱，直到不能呼吸為止。

而今，查馬克真的不能呼吸了，希望是否就沒了呢？我想到他陽光燦爛的臉，也想到大股頭的臉。傳承是什麼意思？就是要有人接棒，當初他站出來扛下這個美麗的任務，想必因緣具足，我相信在他的身教言教底下，必有更多唱到不能呼吸為止的子弟兵會站出來。

因為這片土地，值得。

查馬克與泰武國小古謠傳唱隊，唱出山林裡的真誠聲音與靈魂深處的悸動。

「我們的害怕不算什麼」
撐港黃店的心聲

文、攝影／吳家昇

【寫在前面】香港區議會選舉前夕，香港中文大學、香港理工大學相繼被圍，攝影記者吳家昇第三度奉派到香港支援，在理大外圍拍了幾天衝突畫面，眼看對峙一時難解，決定回到市區，從外來記者的角度看看半年抗爭之下的市民日常。你已經看過挺港府的美心名店等大企業立場，那麼，那些聲援示威群眾的小店又是怎麼想的？他們不害怕嗎？

「哪有人會用這種方式自殺的？」撐港黃店創業青年秀出一張網路照片高聲對記者說，照片裡是一個黑衣人倒臥在地，頭套塑膠袋。做小生意的年輕人肯表態支持反送中示威，並不是不怕麻煩，而是認為與抗爭者相比，他們的害怕根本不算什

一芳水果茶中國代理商在微博表態譴責香港罷工，一芳尖東店主動在店內貼上字條表態撐香港，店內四處可見集氣字條。

麼。

　　香港反送中運動2019年6月爆發以來，逐步從「和理非」的遊行集會，轉變成街頭游擊、拋擲汽油彈的「勇武派」抗爭，年輕世代面對港府消極回應、港警強勢暴力，決心群起抵抗。

反送中爆發激烈警民衝突，位於香港理工大學管制區外的周邊商家索性不營業或提早打烊，晚間只有稀稀落落的行人經過。

撐港黃vs.親中藍　商家選邊站

　　抗爭、示威、三罷（罷工、罷市、罷課），一定會影響市民生活常軌。首當其衝的是在「戰區」內的商場店家，這也讓示威活動進一步延伸到經濟領域，支持反送中的「黃店」與親政府的「藍店」於焉誕生，為持續在街頭運動的「黑白之爭」增添新的色調。

　　黃、藍兩色的意涵，源自於2014年香港雨傘運動，當年支持和反對群體正是分別以黃、藍絲帶作為標記。

　　反送中示威者號召群眾光顧「黃店」，也抵制甚至破壞「藍店」。在沒有抗爭活動的日常生活中，香港市民透過錢包來表達立場訴求。

示威越演越烈　黃店低調挺下去

　　願意挺身表態的店家中，「黃店」只是少數。許多「黃店」儘管願意支持示威者，卻仍相當低調，大多數店家依然忌諱面對媒體鏡頭。

反送中事件爆發後，有些店家仍表態撐港立場，有些店內也貼滿字條為香港加油打氣。

走過一間間在網路上被標註為「黃店」的商家，一家家請教是否願意受訪時，被拒絕的機率總是遠遠高出點頭的。

三十多歲的台灣青年Justin Wang，為了出身香港的太太，選擇在港創設飲料品牌「黑金堂」，2019年6月才在尖沙咀開店，沒想到不久就碰上反送中運動，但他說「香港人值得更好的。」

出身荃灣，在香港擁有多家店鋪的光榮冰室吳老闆說，成為「黃店」後，生意確實有好一些，在抗爭初期即表態力挺示威者的他表示，「他們（抗爭者）只是在爭取他們認為正確的事。」

「你不覺得很誇張嗎？哪有人會用這種方式自殺的？」Ben與Trevor是香港飲料品牌「九份茶舍」的投資者，採訪過程中，他們用手機秀出網路上一張離奇自殺案的照片，指出當中不合理之處；照片裡是一個黑衣人倒在地上，頭上套著塑膠袋。

他們在事件爆發沒多久就表態反送中，「九份茶舍」自然也成了「黃店」，沒有去想這個舉動可能引來什麼問題。

Ben與Trevor說，這段時間確實曾接到匿名投訴電話，指

他們家的東西不乾淨。而當記者要求拍照時，兩人面對鏡頭顯得有些畏懼，因為店裡部分原料是從中國大陸進口，不希望正面曝光惹上麻煩。

其實一開始Ben與Trevor對反送中抗爭的意見並不一致，但看到這麼多明顯不公義的事情後，反倒讓他們堅定地與示威者站在一起。就算現在生活有些不方便，也不會埋怨示威者，與正在抗爭的示威者相比，「我們的害怕其實算不上什麼」，他們認為反送中運動還會再持續很久，希望香港人繼續追求公

11月反送中衝突焦點轉移至理工大學周邊，位於港島的灣仔相對平靜，民眾一如既往的在修頓球場看足球賽。

義，不要放棄。

　　開店做生意，會害怕是很自然的。因支持反送中而聲名大噪的龍門冰室，多家分店遭人破壞，終究也以時機敏感為由婉拒了採訪要求。

　　位在佐敦巷內的輕食店「老樹」是少數有店員願意接受訪問的商家。員工吳小姐說，自反送中爆發後，店內人潮持續減少，他們店是在這一區唯一一間願意站出來表態支持示威者的「黃店」。

港警驅趕示威民眾，示威者反擲催淚彈。

光榮冰室吳老闆受訪前也是做足準備，穿上黑衣、戴口罩，只露出一雙炯炯目光，他反覆確認記者不是親中媒體後才肯吐露心聲。親眼見證香港情勢變遷的吳老闆，除了對香港人喊聲加油，也希望示威者能堅持下去。

免費供餐或打造連儂牆　黃店撐港各自出招

　　撐港黃店中，有不少店家在店內打造經典象徵「連儂牆」，供民眾留言。親眼見證理大圍城事件的旅港德國人Peter表示，警察暴力讓反送中事件變成一場災難，「整件事變得太瘋狂了」，他也在黃店連儂牆留下字條，寫下：Pray for everyone in PolyU，Hope they will be saved！（為理工大學的每個人祈禱，希望他們都會得救！）

　　九份茶舍有連儂牆，也推出許多印上撐港字句的設計小物。也有些商店選擇相對低調的作法，在收據明細上印出「光復香港，時代革命」、「五大訴求缺一不可」、「願榮光歸香港」等字句表達立場。

　　2019年8月初，「一芳水果茶」中國代理商在微博聲明力

挺一國兩制、譴責暴力罷工，引起港台兩地民眾反彈。不過，距離香港理工大學不遠的一芳尖東店，卻在8月下旬主動設立一面連儂牆並貼上字條表態，不顧中國代理商反對，他們仍選擇用自己的方式勇敢發聲。

光榮冰室吳老闆也大動作力挺示威者，除響應三罷、捐出當天盈餘，也號召十多間荃灣在地商家，定期為示威者提供免費便當；這次在理大被完全封鎖前，吳老闆一共送出了超過一千個便當。

Justin Wang曾發起活動捐助反送中相關團體，也曾在警方發射催淚彈時，讓路過民眾進入店內躲避。對於反送中的未來發展，他不願多著墨，僅表示「一個人可以走很快，一群人可以走很遠。」

歷經十二天圍城，香港理工大學終於解除封鎖，但抗爭仍在持續，散落各地的撐港「黃店」與隱身各處支持反送中的人們，都將靜靜地以自己的方式，持續為香港加油、為示威者祈禱。

讓每件事無差別變好
黃聲遠站在「田中央」實踐理想

文／邱祖胤
照片提供／田中央工作群

「人永遠是最重要的。」建築師黃聲遠說。

黃聲遠在永和出生，新店長大，到台中念建築，留學美國，回到台灣之後，因為好朋友邀他到宜蘭試試討論縣政府演藝廳的設計，不久後落腳宜蘭，慢慢吸引一群年輕人上山下海，形成「田中央」，思考及解決空間、建築與公共工程的問題。

黃聲遠是建築師，也是藝術家，得過國家文藝獎、吉阪隆正賞，1994、2006、2018、2021年四度參加威尼斯雙年展，從2015年東京間美術館邀展開始，2016年起陸續受邀於歐洲芬蘭、愛沙尼亞、波蘭、捷克、法國等國舉行巡迴展，展至2021

年7月，向全世界訴說著台灣及台灣的建築理念與故事。

　　2021年德國的慕尼黑建築博物館以台灣建築為題舉行展覽，名為「台灣行動」。第一展區宜蘭，作為五大主題之一，格外令人矚目。展覽呈現「田中央」建築團隊二十年來在地默默耕耘的軌跡，從宜蘭社會福利館、羅東文化工場、西堤屋橋，到櫻花陵園、壯圍沙丘，每一處的地景改造都帶給人無限憧憬，令人好奇是怎樣的一群人，創造出如此令人羨慕的生活方式。

「田中央」深耕宜蘭，一路走來，始終堅持和在地充分溝通及對話。
（攝影／陳敏佳）

對得起人生 選擇沒有人要做的零星公共工程

「我們這群人很正常，也很普通，只是比較不那麼工具性。許多人喜歡我們的工作，也許正是喜歡那種無差別、想要每一件事情都變好的感覺吧。」黃聲遠說。

52年次的黃聲遠，沒有大師的架子，比較像鄰家大哥，或球隊的隊長，很會照顧人，帶頭衝鋒陷陣。在辦公室裡，經常一件無袖背心就開始上工，到了工地，他靈活現場解決問題，體力驚人。

他說：「選擇沒有人要做的零星公共工程，雖然對得起人生，但就是要面對地方縣市斷斷續續永遠無法順利到位的預算，以及各種不盡公平的要求。有時候只恨我自己能力不足，讓年輕人做得辛苦，還常被誤會。」

黃聲遠心疼年輕人。他口中的年輕人，指的是「田中央」的工作夥伴。

地景與環境不只是城市的背景，而是大地之母。

他不只在意環境，更在意人，尤其是自己團隊的同事。因為要把事情做好，就得先一起把日子過好，大家真心浮現的判斷才會美好。而思考建築，核心是思考人與環境的關係。

　　跟黃聲遠談建築，他永遠先跟你談人。

選擇做好事　先想辦法讓好人出現在你身邊

黃聲遠說，你首先要完全信任身邊這些善良的朋友，決心承擔所有的成敗，「如果錯過或沒做對最可能的就是我沒想到或沒講清楚，本來就該由我來負責。想要突破就該有付出，禁得起考驗的信任才會使同仁們提出的構想比較大膽，享受瘋狂。」

黃聲遠強調「瘋狂」很重要，「因為它可以挑戰沒有必要的限制。通常你去挑戰一個很誇張的事，背後可能會引發非常多的挫折，也可能會引來不必要的抱怨，你就必須讓他們沒有後顧之憂。」

有大哥在的感覺真好。像一家人的感覺，是許多人對「田中央」團隊的印象。

黃聲遠很篤定地說，接觸「田中央」裡面的人，你會變樂觀，會覺得自己可以變得更好！「這世界上有很多好人，問題是如何讓好人出現在你身邊？雖然偶爾也會遇到倒楣的事情，但這就跟感冒或被蟲咬到一樣，一下子就過去了。大體上來講，身邊若都是好人，做事情就會感到很愉快。」

每天都看山　童年令人懷念的糞坑味道

回首自己的成長及學習過程，黃聲遠感謝自己的父母，「他們都是老師，每個週末都帶我出去玩，我小時候不是在海邊，就是在山裡，有很多時間親近大自然，有時候禮拜一上學，海水的味道、海浪的起伏還停留在身上。」

黃聲遠說：「住在新店的時候，住的地方四面都是山跟稻田，放學之後一直到晚飯之前的時間，我幾乎都在外面亂跑，騎腳踏車，或到田裡抓青蛙，路過田邊的糞坑，那味道我到現在還記得，覺得還滿好聞的，雖然一點都不懂耕作，但和農村就是有一種很親切的感覺。」

台灣經濟起飛的年代，家中開始有第一個電冰箱、電唱機……，留下一些大型的紙箱子，都被黃聲遠拿來當玩具，「從中間切開一個一個洞，裝個繩子，讓窗戶可以打開……回想起來，這些動手的經驗，應該可以算是我接觸建築、思考及動手創造與環境互動的開始。」

黃聲遠說他從小就喜歡動手雕刻、動筆、塗塗抹抹，當時從家裡一圈的陽台看出去，可以看到新店周邊的群山。黃聲

遠會拿起水彩筆，畫上紫色、粉紅色等色彩，大人常問山怎麼
會是這種顏色？黃聲遠說，那就是他看到的顏色，「就好像我
常請別人想一下，宜蘭的山是藍色的。很多人會以為山是綠色
的，並不信任眼睛所見的真實。多樣光影的千變萬化，當時我
就能體諒越多經驗的大人越不知道如何勇敢面對真實。」

只要到宜蘭　頭就不痛了

　　「田中央」自己這樣形容「田中央」的開始：「一位在
1989年逃到美國去尋找新的、自由的生活方式，找不到答案又
逃回來的台北青年，某一天，在接到他大學摯友的電話後，這
名青年『黃聲遠』從此搬到宜蘭定居，並在宜蘭開始探索土
地、向居民學習的建築人生……」

　　黃聲遠笑說：「其實是因為只要到了宜蘭，我的頭就不痛
了！」

　　黃聲遠說，出國之前，不時感到焦慮，每天頭都很痛，也
許是在都市生活的壓力造成，也許是對前途感到徬徨。從美國
回來後，受大學同學陳登欽的邀請，他到宜蘭參加會議。

那是一個關於演藝廳的舞台設計案，要決定做三面式舞台還是鏡框式舞台，會議主席是當時的宜蘭縣長游錫堃，會後他曾問旁邊的人說「這個年輕人是誰？以後邀他多來開會。」黃聲遠笑說：「可能他覺得這個小孩子講話很直吧，以後多來刺激。」

　　黃聲遠說，那時候他對政府運作什麼的都不懂，哪個官比

黃聲遠說，宜蘭人心胸特別開闊，講話直接了當，讓他能很快融入宜蘭在地生活。圖為宜蘭社會福利館。（攝影／陳敏佳）

較大也搞不清楚，「那個年代也沒有編輯軟體，連打字都要找打字行，什麼是服務建議書都要從頭摸索，土法煉鋼剪貼，完全在一個勇敢亂衝的狀態。但是每天有機會去游泳、泡溫泉，蠻喜歡這種在好山好水之間自由自在的感覺。」

受到宜蘭這塊土地及「反抗精神」的啟發，黃聲遠慢慢體會到這塊「民主聖地」是活的，他認為，只要不被世代、不被專業所束縛，就可以一點一滴從任何一個角落，哪怕從一個籃球場、一條水溝開始，自在地找到業主、選擇資源，一起創造從容且準確的合作精神。

黃聲遠說，他覺得宜蘭人心胸特別開放，講話也很直接了當，當地研究水文、歷史、地理的工作者及老師，都慷慨的跟他聊天，分享他們的功力，讓他超快速了解宜蘭大小事。後來有機會參與審查，當各式各樣的委員，開始更深入了解宜蘭，從而展開「田中央」充滿創新的諸多計畫。

為城市留白　以大棚架為地景參考線

在慕尼黑建築博物館中，「田中央」的作品以四個方向

來呈現，分別是「設定基準：大棚架做為地景參考線」，「凝聚記憶：與時間作朋友」，「重回大地：記住身體，忘掉時間」，以及「認真生活在山海土水之間」。

　　黃聲遠解釋，台灣到處都看得到棚架，因為它相對節省，遊走在合法邊緣，只是通常都簡單做，準備如果被拆了也沒關係。然而當它被放得很大，開始成為一個都市尺度，可以兼容

黃聲遠認為，把「棚架」的概念無限放大，就能創造一個邊界模糊的「留白空間」，進而標示出市民對公共性的期待。圖為西堤屋橋。

許多東西，在遮風蔽雨之外，占據之下反而還可以保有各種可能性，不被單一機能塞住，也能穿透過去看到其他地方的風景，這樣的棚架創造了一個邊界模糊的「留白空間」，進而標示出市民對公共性的期待。

關於「大棚架」理念的最佳示範，非「羅東文化工場」莫屬，沿梯而上，「羅東文化工場」二樓的空中藝廊，曾經陳列著時常搬到工地現場討論而覆著塵土的工場模型。在巨大而抽象的棚架底下，光影相互交織迴盪，人們在這裡了解自己所處的位置以及和城市的關係。

不過這樣的特殊空間，從設計到落成，歷經兩次政黨輪替、三任宜蘭縣縣長、七任文化局長，「田中央」在十四年間，持續面對都市規畫、預算、材料使用特性等各方面的考驗。

三條維管束　凝聚記憶、和時間作朋友

「維管束」計畫，同樣是「田中央」歷經二十年對宜蘭的探索而形成，這是以宜蘭河及舊城區為基礎，想像整個宜蘭如

田中央的「維管束」計畫，想像整個宜蘭如同植物的莖和葉，維管束彼此連接、構成系統。圖為津梅棧道。

同植物的莖和葉，維管束彼此連接、構成系統。

　　第一束維管束不只創造硬體，而是振興舊城的精神，把宜蘭河匯集天地的能量輸送至舊城及新生活區，進而邀請人人學習照顧這條身邊的大河。它實際上是提出了一種城市永續經營的策略，透過開拓步道、種植樹木、提供歡迎聊天的空間，置入建築元素、重新定義空間。

　　第二束維管束從宜蘭河出發，經過學校、酒廠及周邊舊城產業區，並連通轉型成宜蘭美術館的老台灣銀行及百年廟宇旁

因理想而勇敢

189

的小徑，一路迎向新建的中山國小體育館及呿呿噹森林火車站藝文生活區。

第三束維管束位於宜蘭市南側人口密度最高之新文教住宅區，串起了小學、國中、文化中心、高中、大學、女子中學等學區，更是城市基礎設施建構。

永遠不放棄　無時無刻想著解決別人的問題

黃聲遠表示，「田中央」無時無刻都在想著如何解決別人的問題，因為別人的問題，就是你我的問題，「我們的基本信念，每一個小小的心願都是平等重要，再怎麼瑣碎、困難，都要放在心上找機會去面對、解決。」

但是這樣處處為人著想的過程卻非常磨人。

「『和時間做朋友』，聽起來很浪漫，但其實有點悲情，有一種含著眼淚、帶著微笑在做事的感覺。要去接受很多事情沒有成功、但也不算失敗的狀態，歡慶生命、繼續努力，感覺就很自然的了解如何和時間做朋友。」

黃聲遠感慨道：「很多事做久了以後很容易忘了初衷，一

心只想著去成就某一件預期的事情。但真的不能急著每件事情都非得照著既定計畫走不可，不管是你自己的想像還是別人給定的SOP，還是合約上的規定。如果心情上可以接受『這一切都是可以調整的』，那我們就有可能比別人多一點走下去的機會，總有一天會靠近目標。」

沒有空悲觀　最有興趣的事情就是忍辱負重

黃聲遠說，「田中央」的資源不會比別人多，「因為我們大多數的工作都是公共工程，意思是完全得照採購法，那為什麼我們撐得住花更多時間及精神來執行？可能是因為我們習慣把別人歸咎、抱怨、追究責任的事暫時扛下來找出路，這件事就多一點包容不提早終止，就可以先一直做下去，等待資源的到來。」

黃聲遠舉羅東文化工場為例，前後花了十四年，「不是我們動作很慢，而是因為外在條件實在扭曲，太不符合青年們預期公平正義的社會可以承諾給未來世代該有的條件，但這是大多數人都會面對的情況，並不是別人特別要害你，如果你因

為這樣就放棄，身邊一群人的理想就沒有機會發生，一個不發生，兩個不發生，理想就永遠做不成。」

黃聲遠道出做公共工程的無奈與現實，但他們並沒有放棄。

「最該做的事情就是忍辱負重。」黃聲遠說，他的策略是，盡量去想辦法面對、應對，如果遇到莫名的例如政治性的牽連，也不必每件事都吭聲，正面衝突不需全避但多少會留下傷痕，更不必然走到你告他、他告你，告來告去，最後很多地方需求還是沒有辦法改善。這不是一個輸贏對錯的問題，但也千萬不能讓錯的事情發生造成土地的傷害，怎麼辦？最可能的方式，就是先「卡」進去，陪伴守護……

黃聲遠說，「田中央」有些競圖，「不是我們當下想去進行的案子，只是懼怕有些方向可能會把地方搞爛，只好先進場把它卡住，才有身分和決策者慢慢了解討論……」

黃聲遠說，按照台灣的慣性，很多事是會越做越差的，比如說，把好好的地方變成主題樂園、美好的小路把它開大……「覺得這是不對的事，但如果用說教的方式去阻止它，又通常不會成功。我們是一個法治國家，可以透過完全合法的條件進

場，慢慢運用專業的角色，使得主事者至少形式上必須跟你討論，我們就有一點機會把價值觀跟願景融入更多人的心中，就看我們可以撐多久。」

黃聲遠說，「田中央」走的一直都不是一條容易的路，只是堅持自由，能做多少就做多少，永遠都不要放棄。「經年累月的努力沒有很成功，只是比較不失敗，但就算只是這樣，還是很激勵人心不是嗎？」

建築師黃聲遠認為，無時無刻想著幫別人解決問題，才可能達成理想目標。

雞馬之戰
多元自由終將陽光普照

文／鄭景雯

　　算一算，跑金馬獎頒獎典禮大約已有八、九屆，2019年金馬獎是參與過最特別的一年。在中國抵制下，中國電影退出參賽，影響最大的或許是星光大道，紅毯上少了中國、香港大明星，少了國際大品牌贊助，星光大道雖然沒了珠光寶氣，反而讓不少台灣設計品牌有機會亮相。

　　頒獎典禮總是幾家歡樂幾家愁，總是有人拔得頭籌，有人敗興而歸，但金馬獎最特別的地方在於，就算沒得獎，也不會覺得白來這一趟。

金馬獎如電影人聚會　金雞獎官宣意味濃

　　金馬執委會把典禮營造得像是電影人的大聚會，光是從典禮前舉辦的入圍者講座、大師班對談，讓競爭者消弭了較勁的煙硝味，讓大夥從典禮前就能先彼此認識，甚至還邀請一百零四名入圍者拍攝入圍影片、照片，大家從典禮前就先熟識，頒獎當天更像是一家人再度溫馨聚會。

　　而金雞獎，看得出想把典禮營造成中國奧斯卡的企圖。從排場到人場確實都比金馬獎多又大，但浮誇的典禮，失去了人文的溫度，焦點不在電影，宣示意味濃厚，整體感覺像是「全國人大＋春晚」，樣板式的頒獎典禮，就連台下的觀眾也都很制式。

　　每年採訪金馬獎，最喜歡看宣布得獎者的那一刻，從畫面上就能感受到入圍者坐在台下緊張的心境，偶爾台上的頒獎者還會逗弄一下入圍者，搞得台前台後和螢光幕前的觀眾，都跟著一起揪心。

　　對應金雞獎頒獎，公布得獎名單時，得獎者似乎都沒有太過激動的喜悅，平靜又制式的微笑著，像是一切都安排好的演

出，不容一絲脫序。

開放的態度和公平的競爭　金馬獎一貫態度

　　2019年金雞獎刻意將頒獎典禮選在和金馬獎頒獎同一時間，而中國網站「豆瓣網」的網民，是這樣評論金馬獎：「雖然沒有明星，但真的是純粹的電影人和藝術家的聚會，今夜非常感動，希望這個世界可以陽光普照」、「平凡而自由，這就是金馬遙遙領先的現狀」、「各個獎項的短片設計有心，金馬值得」、「撇開政治，金雞浮誇、虛，說話甚至有點噁心，還是馬兒說人話，李安、侯孝賢、李屏賓、杜篤之、廖慶松還有是枝裕和，台灣老影人足以撐起華語電影半邊天。」

　　金馬獎因為政治因素介入，籌辦過程相對艱辛，若要問中國電影不來參加金馬獎，台灣有什麼損失？我認為，對台灣電影一點都沒有損失，損失的反而是中國獨立電影少了被看見的機會。若不是有金馬獎，沒法在中國上映的獨立電影《大象席地而坐》，不可能獲2018年金馬獎最佳劇情片，更不可能被華語世界看見。

金馬獎開場表演「有一陣人，追求一個夢」，透過歌舞劇的方式，唱出金馬獎的自由與多元，這段演出感人又催淚。

　　金馬影展主席李安在金馬56頒獎典禮手冊當中提到，「電影獎的最大意義，就是鼓勵優秀的作品和影人，甚至先一步發覺那些原本被忽略的黑馬，而這恰好就是本屆金馬獎的主題。所以我們要繼續保持熱情，並以開放的態度和公平的競爭來榮耀這些優秀的作品和影人，這才是金馬獎的精神。」

　　金雞獎宣布從2020年開始，原本兩年舉辦一次的金雞獎改為每年舉辦，此舉被認為是衝著金馬獎而來。

　　然而無論政治情勢如何變化，金馬獎仍然會秉持它一貫的理念，張開雙手歡迎說中文、華語的電影來參加，總有一天會「陽光普照」。

因理想而勇敢

記了二十年的生命筆記

文／趙靜瑜
照片提供／蔣理容

　　認識理容老師，總是那個溫柔婉約的形象，她從師大音樂系畢業，主修鋼琴，氣質優雅，嫁做人婦之後成為稱職的母親。致力兒童音樂啟蒙教育，撰寫專欄、彙編學術刊物、組織教育協會，秉持著「希望自己的孩子好，也要別人的孩子一起好」的信念，活躍於音樂與教育界。

　　音符的背後總有弦外之意，但不曾想過老師會跟政治產生關係，因為那個姓，蔣。

　　理容老師是蔣渭川的孫女，誰是蔣渭川？蔣渭川是「台灣文化協會」創會者之一蔣渭水的弟弟，一生被大時代浪潮推移，與台灣命運緊緊相繫，事蹟轟轟烈烈。

　　蔣渭川先是協助哥哥蔣渭水從事社會運動，早年經商，是

歷史的血脈裡，不妥協、追求真理DNA持續傳遞。圖為蔣理容（左）與母親、姊姊。

一位受人敬重的商界人士，也具有政治聲望，但因此在二二八時遭國民政府利用，甚至險被武裝警察取命，女兒慘死、兒子重傷，經過一年逃亡後平反，之後陸續受任民政廳長、內政部次長，於1962年退出政壇，1975年以八十歲過世。

政治是眾人之事，而蔣渭川的一生與政治密不可分。

兄長蔣渭水從醫學校畢業之後，就職宜蘭醫院內科，蔣渭川到了台北經營學用品店。1916年，蔣渭水也來台北大稻埕開設「大安醫院」，蔣渭川則是開設「文化書局」，兄弟倆因為投入社會運動，無暇照顧診所與生意，財務吃緊。1931年蔣渭水四十歲去世，大安醫院與文化書局也因為付不租房租，結束營業。

根據學者陳芳明編撰《蔣渭川和他的時代》，蔣渭水去世之後，台灣政治運動也遭逢日總督府高度鎮壓，整個社會淪入

無聲，社會運動沉潛之際，蔣渭川則轉而專注書店經營。

大時代的人物悲歌

　　當時蔣渭川開設「日光堂書店」，同時擔任台灣書籍雜誌商組合理事，組織「台灣總商會」，擔任台灣貿易商同盟會會長、紙文具商聯合會會長，以及台灣藥業組合理監事，和稻江、商工、龍江等信用組合的理監事等，是一位受人敬重的台籍商界人士，直到1945年日本投降，國民政府遷台，許多台灣人的人生變調，包括蔣渭川。

　　1945年日本投降，台灣地區受降典禮在台北公會堂舉行，由陳儀代表受降，但陳儀治理下的台灣通膨嚴重，語言不通，貪官汙吏引發族群對立。蔣渭川經營「三民書局」兼市商會理事長，每天為著商、工、經濟事務奔忙。1947年2月27日因一起緝菸事件引發民怨燎原的二二八事件，來自黨、政、軍三方面及社會人士督促邀請蔣渭川出面，協助行政長官陳儀收拾亂局。

　　蔣渭川子女，也就是蔣理容的姑姑梨雲和節雲，將蔣渭

川1947年2月28日到3月27日的日記整理出來，成為《二二八事件始末記》。書中記載，蔣渭川為平息紛亂局面而冒險奔走調停，曾經一度順利完成任務，卻不自知成為陳儀「緩兵之計」騙局的受害者。

女兒慘死　家破人亡

調解過了十天，3月10日早上蔣渭川接到陳儀方面通知，請他留在家裡，要派車過去接他請益，沒想到來的卻是五位武裝警察！喝令：「我們奉命來槍斃你！」家眷尖叫，兵荒馬亂，蔣渭川往後門逃，女兒被子彈射中慘死，兒子重傷，兩兒倒地血液噴濺，槍手才逃逸。蔣渭川脫逃躲藏一年，家破人亡，連女兒的喪事都是朋友借錢協助完成。雖然僥倖從槍下脫險，卻被陳儀冠以「倡謀叛亂、煽惑暴動」等六項罪名通緝，名列通緝犯之首，直到蔣介石下令「寬赦」由丘念台作保，蔣渭川才重獲自由。

但在歷史悲劇中倖存的人，永遠不會比死去的人更有榮光。

蔣渭川長期被懷疑與長官公署共謀而被誣以「台奸」，只要二二八受難者後代一句「蔣渭川還活著，但我的父親已經過世」、「出賣同志，交換條件，謀取榮華富貴」，蔣渭川家族就只能默默承受，這些都是最令蔣渭川及其後代痛心的事情。

　　蔣理容說，二二八事件因為噤聲太久，又有很多偏頗的記載甚至造假的史料，累積諸多的曲解和誤會，家屬之間還劃下更多新傷，「父親因為祖父的關係，台大醫學院畢業了卻因槍擊事件之後家人四散逃命，沒能參加畢業典禮，也無緣進入台大醫院行醫，只能做藥品和醫療儀器的小生意。」蔣理容說，只要祖父要出門，父親一定店門關了就跟著，深怕祖父耿直又執著的個性易受人陷害。

　　蔣理容說，姑姑們與父親不像一般受難者後代那樣，可以哭訴祖先的冤屈和苦難，可以大聲的嗆執政者奪人性命、奪人財產，「他們有資格進入體制尋求法理上的補償或賠償，但我們只能噤聲。」

　　為了替父親洗刷冤屈，1991年，蔣理容的姑姑蔣梨雲和蔣節雲，將藏在家中廚房的父親日記請人打字，日記封面就是蔣渭川自己題字寫的《二二八事件始末記》，自費印刷了一千

本，送給認識與不認識的學者，開始了平反之路。

　　蔣理容依稀記得大概小學一、二年級，看見大人祕密走到廚房低聲說話，「我就跟過去，問我父親說廚房有什麼，那時看到有磚塊可以挪開，父親知道我打破砂鍋問到底的個性，沒辦法呼攏我，就說磚塊下面藏有黃金，一定不可以跟別人講。」當時幼小的心靈，就已可嗅到不尋常的氣氛。

　　蔣理容說，從日記可以知道，二二八事件發生後，蔣渭川和陳儀的會談之中有告誡陳儀不要如他在福建所做的那樣派兵鎮壓，陳儀指著頭發誓，說自己絕不會請蔣介石派兵，蔣渭川要陳儀一起赴電台廣播，重複陳儀自己的承諾，然後蔣渭川才繼續幫著政府安定民心。沒想到國民政府軍隊一到，陳儀就派武裝警察到蔣渭川家，當著他家人面要把蔣渭川就地槍斃。

　　蔣理容說，因為警察的槍卡彈，連開三槍都未擊發，蔣渭川趁亂逃走，但第四發子彈正常射出，打中了蔣渭川四女兒和她抱著的小弟弟，女兒送醫之後折磨十一天過世，小兒子在事件過了六年後才開刀把留在胸腔的彈頭取出來。

堅持做對的事

斑斑血淚，盡在日記之中，1991年蔣理容讀了之後，內心激動，「這七萬多字的日記是我出生前五年的事，祖父的日記鉅細靡遺，思考點是什麼，祖父懷疑什麼，最後結論是什麼，清清楚楚，這就是我知道的阿公，即使在生命每一刻都遭受著威脅之時，他仍然堅持做他認為對的事。」

這還只是追尋真相的開始。

1993年，蔣理容年近六、七十歲的姑姑們幾度赴美，踏上尋找證據之路，當時在美國首府華盛頓的國家檔案局，二二八事變前後美、中、台三方往來電文已經解密，蔣理容說，姑姑們只有給「蔣渭川」三個字和英文拼音，檔案局資料就抱出來好幾箱，「我姑姑們就每天窩在檔案局歸納，影印，整理這些文件。」

蔣理容也幫忙姑姑們看資料，「主要因她們受的是日文教育又是老花眼，我就幫忙看；國語不是很好，我就幫她們聽，就是幫忙。」但隨著文件出土，印證了自己小時候感受到的祖父為人，也可以說早就在蔣理容心中埋下了追尋真相的種子。

蔣理容說，這些文件足以佐證蔣渭川當時是受陳儀之邀出來會談，以及他在二二八期間的行為言語，也解釋了是美方要求國民政府重用台籍人士，其中也包括為什麼蔣介石來台之後，任命蔣渭川為官等前因後果。

　　蔣理容說，姑姑們與表兄姊一起鍥而不捨尋找真相，不和稀泥、不妥協的精神，必定都來自祖父蔣渭川的DNA。

日記出土勾起塵封記憶

　　1991年日記出土之時，蔣理容父親已過世七年，「當時母親移民美國，我把日記帶去給她看，她幾乎情緒崩潰，所有她從少女到少婦，婆婆囑咐每晚溫一壺清酒，聆聽公公與丈夫夜談的情景，一幕幕回來。」

　　1998年，蔣理容陪著小孩去美國讀書長住，有更多時間和母親

蔣理容的母親與孫女長期通信，情感綿密。

相處，就這樣母親講著之前的生活點滴，蔣理容就拿起筆記下來，沒有寫書念頭，純粹就是記錄母親的所思所想，這一記就是二十年。

這份二十年的母親生命筆記，加上祖父日記與相關資料，蔣理容在罹癌，結束療程之後寫下《秋霞的一千零一夜：多桑蔣渭川的二二八》，以小說形式從蔣渭川媳婦秋霞的視角，回望那個充滿苦難與動盪的時代。

從未寫過小說的蔣理容說，原本只是覺得幫母親留一個紀錄，但祖父蔣渭川的政治生平，加上母親身為蔣家媳婦的親身經歷，早就在自己心中交織多年，用小說的形式更能描繪與貼近那個年代。2020年因為疫情，蔣理容沒有辦法探望母親，她在越洋視訊電話裡跟母親報告：「我要開始寫了，從妳婚禮那一天開始寫。」

下筆如神助　十六萬字一氣呵成

蔣理容說，故事就從母親婚禮那一天開始，「母親回憶，隔天祖父就把她叫過去，打開禮金簿，跟母親說要把禮金一筆

一筆記好，一位一位的寫謝函，這是做人的基本責任。」就這樣，母親開始了蔣家媳婦的生活。

蔣理容下筆如神助，十六萬字幾乎是一氣呵成，小說中處處可以讀到，主角秋霞生活裡常常不經意地感受到無處不在的二二八陰影，家中政治人物川流不息；秋霞也知道有多桑二二八日記的存在，但是先生松柏告訴她：「這是多桑的救命符，何時適合拿出來？是福還是禍？沒有人知道，為了妳好，不要問。」

秋霞也見證了蔣渭川在政壇上招忌妒，被人打壓，也看到官場上諸多曲意奉承者。日治時期就主持「讀報社」、領導「台灣工友總聯盟」的蔣渭川，站在這個恐怖的平衡點上，支撐他剛正不阿的是什麼樣的人生信念？秋霞是媳婦，是家人，也是了然於心的旁觀者。

最好的口述歷史者

有些筆記在記錄的當下模模糊糊，懵懵懂懂，幾年過後再翻閱，忽然豁然開朗：母親也與女兒相互通信，祖孫情感親

密，講到這裡蔣理容笑了，「我母親是超級合作的口述歷史者，我回台灣，媽媽還會給我寫信，寄剪報，繼續想到什麼說什麼。」

2021年初，初稿完成，進而出版，蔣理容心裡明白，「沒有多年打底，我也寫不出來，唯一遺憾是我很懊悔怎麼不早一年寫完，母親已經在2020年11月感恩節無病無痛離世，沒能看見這本書。」但蔣理容心裡想的是，也許母親是知道她開始動筆，終究放下心來，於是得以無罣無礙，化為清風。

二十年的筆記，原本沉靜優雅的音樂教育家蔣理容，現在已經成了可以到處跑場的演說家，她也以文字代替了音符，透過「秋霞」之眼，讓蔣渭川和他的時代歷歷如昨，在我們眼前展開。

溫柔的臉龐有著堅定的信念，蔣理容要用自己的力量為家族歷史盡一份力。（攝影／鄭清元）

過完冬季
獨立書店是否一如往昔

文、攝影／林宏翰

　　身在一年四季陽光滿地的洛杉磯，冬季「年節感」來源，除了家家戶戶草坪上「紅配綠」色調的聖誕老人、麋鹿裝飾外，買個禮物贈送親友的血拼氣氛不可或缺。

　　百年一遇的疫情加持下，早就橫掃千軍的網購必定再創高峰。但如果不說，很多美國人也想像不到，放在門口踏墊上的微笑標誌亞馬遜（Amazon）箱子，正在改變街角風景。

　　實體書店——尤其是單打獨鬥的獨立書店、二手書店，像是健康狀況不佳的老年人，一樣是無法抵抗病毒的高風險族群。幸運的是，老年人因為隔離而保平安，但書店遇上居家隔離必倒無疑。

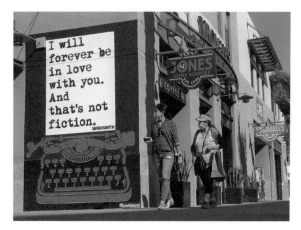

街角書店風景。

　　網購正旺，實體店面發出求救訊號。中國城一家老書店決定清倉拍賣，早已習慣線上買書看書的我，好像突然想起來「哇，這個世界還存在書店」，先後訪問了大洛杉磯地區兩家各有特色的街角書店。

　　夕陽無限好，只是近黃昏。電子商務時代，實體書店是瀕臨絕種的夕陽產業，但這幾次採訪經驗，讓我感覺到這個夕陽很美，美得令人不捨，想要再多看幾眼。

　　七十五歲的老奶奶看顧著一整屋幾千本的二手小說，八十幾歲腰都挺不直的老阿公，拄著枴杖，手臂夾著剛讀完的舊書走進店裡，問說「凱倫，我下一本讀什麼好」？

手寫書單貼滿書櫃。

退休人士麥可夫婦以身為墨西哥移民為傲，趁著疫情展開老派的公路旅行，盤算著帶幾本書在路上，「書本像是老朋友，每當我讀到一本書的尾聲，都有點不捨，因為這些熟悉的人物全都要消失了」。

拿著手寫的書單在書櫃前徘徊，兒女已經念大學的克莉絲汀，老早習慣網路買書，出門旅行更愛帶電子書，省得行囊沉重。但聽到身邊每個人說快救救書店，她馬上戴著口罩進門捧場。

倒地之前，美國的獨立書店線上募款保命，用推特號召街坊鄰居快來消費。相較於店外冷冷清清的舉世隔離，堆滿書本

的空間好像一顆活生生的時空膠囊。在這裡人與人之間的溫度還沒歸零，演算法還沒有取代一切。

這一幕，與其說是抵抗時代淘汰的艱苦奮戰，更像是愛書人極具尊嚴的情懷：把書本信仰傳遞至世界末日的那一天。

更何況每家街角書店存留著那麼多回憶，無論邂逅另一半的那個角落，或是翻開影響人生那本書的那一刻，誰捨得就此宣告永別？

「過完這個冬季，你是否一如往昔。」這首橫跨千禧年的國語流行歌在我腦海響起，歌者正巧來自我所在的加州。

這一年來的你，已習慣了變化，習慣了不加思索接受新的生活方式，但心底是否還牢牢記著那個永遠無法取代的場所呢？你放學後經常鑽進去的那家書店還在嗎？

解開心中的結
看見心裡的天堂村落Lunana

文／王心妤
照片提供／海鵬影業

你對不丹的印象是什麼？華人觀眾想起的應該是港星梁朝偉與劉嘉玲的世紀婚禮。你看過來自不丹的電影嗎？直到《不丹是教室》之前，我沒有。

這部來自不丹的電影，沒有華麗卡司、沒有炫目特效，甚至到2022年才符合報名參獎資格，連導演巴沃邱寧多傑的監製太太賴梵耘都說：「我們像是被獅子包圍的野狗，怎麼可能會贏？」但這部片卻直接闖進電影崇高殿堂「美國奧斯卡金像獎」最佳國際影片最後一關的入圍名單，成為前五強。

獲得奧斯卡肯定，《不丹是教室》有機會在特定戲院重返

《不丹是教室》在導演巴沃邱寧多傑的堅持下,劇組扛著發電器材與拍攝器材走上海拔五千公尺的高原村莊Lunana拍攝,宛如天堂的美景令人讚嘆。

大銀幕,我想每個人有機會都應該跟著導演巴沃邱寧多傑的眼睛,重思「真正」重要的人生意義,或許還能偷點來自「世界上最幸福國家」的快樂祕訣,找到心裡獨一無二的Lunana。

「真」藏不住　重新思考「真正」的人生

　　《不丹是教室》描述來自不丹首都的老師烏金突然被調去
海拔五千公尺的冰原村莊Lunana教書，從一開始的厭煩嫌棄，

甚至第一天就想落跑，到中間被孩子們打動與最後面臨留下或離開的抉擇。其實電影開始十分鐘後大約就能猜到故事走向，並不算太特別。

但跟著男主角烏金的腳步，搭著公車從海拔二千四百公尺的不丹首都廷布遠離市區，海拔漸漸爬升同時，電影角落標記的居住人口也越來越少，看見不丹的城鄉差距，也漸漸意識偏鄉教育的落差。

巴沃邱寧多傑曾出版攝影集，《不丹是教室》中，能看見高山、白雲、天空連成一線的美景，平原上散落著Lunana村落的平房，還有一隻隻氂牛身影點綴其中，雖然配上的是男主角氣喘吁吁地抱怨，但仍讓人忍不住驚嘆不丹的高原美景。

巴沃邱寧多傑其實一開始就堅持要到Lunana實景拍攝，不難想像整個劇組要到海拔五千公尺的冰原部落拍攝有多辛苦，所幸辛苦很值得。除了景色優美，更多的是還原真實的純樸，整部電影的「真」藏不住，從景色、全素人演員到配樂，觀眾也會在觀影中反思，若屏除物質生活，「真正」重要的是什麼？幸福又是什麼？

《不丹是教室》以太
陽能發電拍攝，因為
自然風景與素人演員
的純粹，也讓觀眾看
見真實。

選出自己的幸福之路

　　看過電影後，一定會對小小班長「佩珠」印象深刻，圓滾滾的大眼睛配上可愛的露齒笑，連巴沃邱寧多傑與賴梵耘都曾分享，電影拍攝後曾經想過收養佩珠，讓她有更好的教育機會，但轉念一想，佩珠的家人都在Lunana，自認為對她未來好的方式帶走佩珠，真的會是她想要的人生嗎？這樣的問題也扣問到主角最後的抉擇，留在不丹或是離開不丹尋找機會，沒有正確答案。

　　《不丹是教室》入圍奧斯卡後，巴沃邱寧多傑被問到為什麼喜歡拍電影，他露出了有點疑惑的表情，笑著說：「我不會說自己是拍電影的人，在不丹我們會說講一個故事給你聽，而故事可以解開心中的結，電影只是種講故事的方式。」

　　或許《不丹是教室》片名乍看像是類似教條式探討偏鄉教育的電影，但從巴沃邱寧多傑創作初衷出發，一切沒有制式化的答案，片尾也透過主角烏金在澳洲重新唱起「圓滿犛牛之歌」做出開放式結局。現實面臨的選擇沒有正確答案，而是選出自己認為最幸福的道路，解開這個結，就能找到心中獨一無二的Lunana。

在印度和土耳其的
去世俗化體驗

文、攝影／何宏儒

　　我萬萬沒想到這輩子會被以「涉嫌從事恐怖活動」罪名被捕、偵訊和軟禁，那是外派印度當記者第一年時發生的事。

　　2010年9月2日，我在距離新德里東南方約一百五十公里的北方省一間神廟裡，因為這個罪名遭到警方和印度情報局逮捕、偵訊、軟禁十二個小時。

印度神廟耀眼清真寺如鬼影　宗教仇恨糾結

　　那天是印度教主神之一克利希納神聖誕。當時的我是持有印度新聞署（中央政府中的新聞媒體主管機關）記者證的正牌

記者，前往克利希納神主廟採訪一年一度的宗教盛事。

也許你不了解這活動對印度人的意義，我舉個例子。談到印度火車的時候，你腦袋裡可能出現鐵軌上列車車頂坐滿人、各節車廂兩側每一個門也都掛滿人的畫面。如果你在克利希納神聖誕時到北方省摩托拉縣（Mathura）火車站，就可以看到這種跟「3月瘋媽祖」有拚，甚至可能更狂熱的場景。

摩托拉相傳是克利希納神的出生地，當地因此成為印度教聖城，在這裡的克利希納神主廟自然最神威遠播。然而，這座神廟之所以特別敏感，不只是因為這層因素。

神明聖誕慶典於深夜時分如火如荼進行著（包括婚禮在內，印度教幾乎所有重要儀式都在深夜進行）。神廟正殿從廟頂到建築外牆裝置著俗麗的霓虹燈飾，忽明忽暗旋流閃爍，在黑夜中格外耀眼炫目。

順著階梯拾級而上來到正殿前平台上，若非月光皎潔，否則你根本不會發現，在神廟一旁其實還有一棟跟它規模相當的大型建築緊挨著。在微光下，那鬼影一般的建築形體陰森地矗立在暗黑中，與被妝點得花枝招展的神廟形成鮮明對比。

那鬼影就是沙熙伊德嘎清真寺（Shahi Idgah mosque）。

如果你白天來到神廟相同位置，可以看到兩棟建築被高牆隔開，圍牆頂部裝設刺網。包括清真寺和神廟裡都有荷槍實彈的準軍事部隊駐紮，全天候戒備。這意味著它真的不只是一間普通神廟。

印度教徒和穆斯林在印度的關係形同水火，兩種宗教的禮拜場所竟然座落在同一建築群裡，事情很不單純。這種情況通常是很久很久以前當地原本有印度廟，穆斯林王朝征服次大陸後廟被夷平，在原址蓋了清真寺；英屬印度時期開始，印度教徒又在現地恢復信仰，有的地方蓋了廟，有的只擺著神像。

這就埋下宗教仇恨與衝突的種子，也是為何這樣的地點在印度特別敏感的原因。不過當時的我到印度還不滿一年，「涉世未深」。我後來才知道，要進入這座敏感神廟採訪，除了記者證之外，還必須向主管機關提出特別申請，獲准之後才可以合法進入展開報導工作。

我當天拿著記者證連闖兩個關卡，通過驗證和安檢並獲放行後才開工，在萬頭攢動之中拍了四個小時影片，直到「被捕」後才知個中情由。只是把關的人也太隨便了吧（類似的烏龍在印度並不罕見）！

印度情報局先由駐地情報官員對我進行偵訊到凌晨三點，更高階長官大清早又從新德里趕來繼續辦案。但我真的不是恐怖分子，他們當然什麼也查不出來，最後只好放人。

那位德里來的長官告訴我，除了摩托拉的克利希納神廟之外，同樣敏感的地點在北方省還有瓦拉納西（Varanasi）和阿尤德亞（Ayodhya）兩處。 其中，阿尤德亞的「羅摩神廟-巴布里清真寺（Babri Masjid）所有權案」堪稱印度最具爭議的宗教訴訟，最高法院2019年11月將纏訟七十年的本案定讞，產權判歸印度教徒。

巴布里清真寺於1992年遭印度教暴徒摧毀時，曾造成近兩千人死亡。這些宗教場所敏感到必須派準軍事部隊駐紮，不是沒有原因的。

印度總理莫迪過去與印度教極端宗教勢力的關係，在2014年他首次角逐大位時就被廣泛討論並且引發疑慮。他在「登峰造極」之後果然使得印度教民族主義氣焰高張。莫迪銳意塑造一個印度教國家，與國父聖雄甘地和首任總理尼赫魯希望建立的世俗國家明顯相悖。

聖索菲亞改為清真寺　土耳其走向伊斯蘭化

　　我2018年底到安卡拉工作後，再度躬逢另一個國家「去世俗化」的過程。總統艾爾段2003年執政以來，這個國家正從「土耳其化的伊斯蘭」走向「伊斯蘭化的土耳其」。

　　世俗化與伊斯蘭化的論戰在土耳其已進行數十年，因艾爾段將擁有近一千五百年歷史的世界遺產聖索菲亞定位從博物館改成清真寺而再受矚目。

　　艾爾段領導的伊斯蘭主義政黨正義發展黨（AKP），自2002年以來統治了這個穆斯林國家，它提高宗教能見度，使得伊斯蘭認同在政治事務中發揮更大作用，從而挑戰了原本盛行於土耳其社會的世俗主義。

　　土耳其伊斯蘭化的傾向從宗教事務主管機關宗教事務局（Diyanet）年度預算高於大部分部會就可看出端倪。自從艾爾段執政以來，它的年度預算節節攀升，2019年檯面上的預算約當九億八百萬美元。有報導估計，它其實掌握了至少十億八千七百萬美元的年度預算。

　　印度和土耳其都在去世俗化，但是土耳其的人口結構使它

土耳其近一千五百年歷史的世界遺產聖索菲亞定位從博物館改成清真寺。

在這股趨勢中擁有更大的優勢。

印度的印度教徒、穆斯林人口各占約80%、14%。土耳其則幾乎全為穆斯林。以改變聖索菲亞定位這件事為例，土耳其社會對此共識頗高，不像印度的印度教和伊斯蘭教對諸多議題立場南轅北轍，動輒爆發血腥衝突。

艾爾段將聖索菲亞改成清真寺，就連世俗派的主要左翼政黨共和人民黨（CHP）也不反對。曾經代表CHP角逐2018年總統大選的因杰（Muharrem Ince）和安卡拉市長亞瓦許（Mansur Yavas）都表態支持，黨中央則保持中立，擔心被執政聯盟貼上反穆斯林、反清真寺標籤。

AKP執政十八年來，土耳其世俗體制已遭嚴重削弱。國父凱末爾定下的世俗主義治國方針被宗教保守勢力破壞殆盡，現在就連凱末爾將聖索菲亞改為博物館的決定也遭到艾爾段推翻，「凱末爾的土耳其」已面目全非。

改變聖索菲亞定位引發國際爭論，最跳腳的莫過於鄰國希臘。不過，透過反制希臘來炒作伊斯蘭和民族主義情感，向來可以在土耳其政壇得分，因此雅典的反應其實正中安卡拉政府下懷，使它在國內坐收更高支持。

①2020年7月24日聖索
　菲亞舉行八十六年來
　首場伊斯蘭禮拜。禮
　拜前，許多穆斯林在
　建築正前方的廣場上
　等待。
②正在聆聽古蘭經的信
　徒。

改變聖索菲亞定位的決定製造土耳其和基督教世界的緊張，艾爾段已經擺出姿態試圖舒緩關係。他2020年7月28日宣布，正教會信徒8月15日可以在黑海地區的蘇美拉修道院（Sumela Monastery）進行宗教儀式。

　　時隔八十六年，聖索菲亞於2020年7月24日再度傳出誦經聲。許多穆斯林專程從海外飛抵伊斯坦堡見證歷史性時刻，我就訪問到一位土耳其裔德國人和一位巴勒斯坦裔美國人。在全球各地接連發生反穆斯林和伊斯蘭恐懼症有關事件的當代，一系列伊斯蘭主義作風已經使艾爾段在穆斯林世界中成為英雄人物。

　　艾爾段當天戴著口罩出席儀式，正對著一群伊瑪目盤腿而坐。他大部分時候低頭聆聽伊瑪目朗誦古蘭經第十八章山洞章，並於主麻聚禮喚拜前親自朗誦第一章開宗明義章及第二章黃牛章。

　　當他突然接下麥克風開始誦經之際，塞滿聖索菲亞前廣場和花園的信徒看著轉播畫面為他歡呼喝采。他於兩週前所做的歷史性決定，已經高度提升他在全球穆斯林心中地位，現在更在象徵意義十足的穹頂下親自朗誦古蘭經、展現他對經文的熟稔，這樣的動作無疑已再將這位六十六歲總統的個人聲望推向高峰。

為言論自由離港來台
李怡完成最後心願

文／張若瑤
攝影／張新偉

　　香港資深時評家李怡一生追求言論自由，2020年香港國安法施行後，他選擇離開香港來台灣，「離開是完成人生的最後心願」。李怡錄製中央社Podcast「空中小客廳」，提及身為媒體人曾面對的抉擇與始終不變的堅持。

　　自1956年開啟寫作與編輯生涯的李怡，從事新聞工作至今超過一甲子，在1970年創辦雜誌《七十年代》，初始他的思想左傾，在1972年便關注台灣反威權爭民主運動，刊登一系列黨外抗爭事件的報導與評論。

《七十年代》從左派宣傳工具　轉型為獨立媒體

　　《七十年代》在1979年因報導「魏京生案」和發表推動中國民主的言論，被禁止銷往中國，李怡遂與中國共產黨在思想觀念上漸行漸遠。又因一篇「中共的特權階層」的文章，涉及當時國務院港澳辦主任廖承志，導致他出手欲徹底搞垮《七十年代》。兩年後，因刊登教授徐復觀（新儒學代表人物之一）和教授勞思光（哲學家，被譽為香港人文三老）的專訪，被中共徹底杯葛。他也將他所創辦的「天地圖書公司」的管理權交出，換回以向讀者集資的方式對《七十年代》獨立經營。

　　「我辦雜誌是以報導事實為主。」但中共對所有報刊，都視之為「宣傳」，而宣傳就「有三條規矩，第一是立場，即所有報導與評論必須站在黨的立場；第二是觀點，即貫徹立場要有觀點；第三是方法，也就是寫作技巧」。李怡覺得，若強調立場，就不可以做忠於事實、獨立報導的媒體；媒體要獨立，就不能有立場。

　　徐復觀臨終前，李怡在香港打電話到台大醫院給徐教授。徐教授接電話的第一句話就問他：「《七十年代》怎麼樣

啊？」這句話對剛脫離左派的李怡而言，是一股強大的鞭策力量，代表徐老對獨立媒體的待望。「輿論要獨立而非中立，不是各打五十大板，而是據實報導，獨立評論。媒體是屬於社會的公器」。

從左派的宣傳工具，轉型為獨立媒體，李怡寫下《從認同到重新認識中國》一書。《七十年代》於1984年更名為「九十年代」。轉型後的《七十年代》，李怡迎來第一個大考驗，就是他收到從台灣寄來的「江南七封信」。

「明知道是國民黨情治機關給的，做為新聞工作者，收到可以怎麼辦？」李怡掙扎一番，還是決定將信件曝光，「江南（劉宜良）是我的好朋友，我不想看到有這樣的信」，也知道發表這些信必定會引來各方的批評和質疑。但做為獨立的媒體，收到這樣的信，仍然是要發表的。因為讀者有知道權利。

除了台灣官方的試探，中國也未放棄對李怡統戰。

關注台灣近二十年，直到解嚴後的1988年，李怡才有機會踏上這塊滋養民主自由的土壤。往年藉由黨外人士文章所認識的台灣政府，在李怡印象中是威權政治。但他首次來台，台灣已解除報禁，「整個社會有一種自由的氛圍，是台灣很重要的

轉折點」。

「你發表江南的七封信，是不是被國民黨利用」、「有人因為訪問你，還在坐牢，你會替他們說話嗎？」李怡笑稱媒體和演講時聽眾的犀利提問，使他從這些問題中，感受到那時台灣人思想的活躍。

社會若只剩下一種聲音是不健康的

2005年，李怡接受黎智英邀請擔任香港《蘋果日報》論壇版的主編，徹底發揮了他言論自由、不拘一格且保持獨立的風格。「黎智英找人向我暗示別採用本土派的文章，但我仍然保持對各種意見的包容。黎智英雖有不滿，但對我仍然尊重，沒有直接干預。」

李怡選稿的標準很簡單，就是文章好不好看，「徐鑄成（《大公報》總編、《文匯報》總主筆）告訴我，以前張季鸞（《大公報》主持人）要求他們寫文章別重複人家講過的話，不是標奇立異，而是要有新意」。

容納不同的意見，能彰顯報紙的公信力，「如果這是歪

理，自然會有人反駁」。李怡認為，若整個社會只剩下一種聲音，才是不健康的，「我一輩子只相信一件事，是自由；而自由中最重要的，就是言論自由」。不論寫書、寫雜誌或報紙專欄，李怡的堅持始終不變。

兩個女兒各自旅居美國與加拿大，在香港發生反送中運動後，她們十分擔心李怡的安全，催促父親離開香港。「只要不坐牢，即使發表的空間少了，我還是可以寫」。直到施行國安法，李怡才不得不離開他生長的故鄉，「因為不僅人身安全有問題，而且也不能夠寫什麼了」。

離開該往哪去呢？「年紀大了，需要朋友，台灣有很多老朋友可以聯絡。」在李怡眼中，台灣已經建立非常穩定的民主制度，「這是靠好幾代人付出沉重代價、包括犧牲生命換來的」。李怡提醒台灣年輕人，不要忘記前人的犧牲，且須對自由的可能消失保持永恆的警覺。

香港現在所面對的巨獸，是有錢有勢、財大氣粗的共產黨，它不僅是向香港伸手，也向世界伸手，「中國的特色是『一闊臉就變』，另一就是『不見棺材不流淚』」。歷史上以弱勝強的故事很多，李怡引用村上春樹關於雞蛋對抗高牆的

一生追求言論自由的香港資深時評家李怡，在香港國安法施行後，選擇離開香港來台灣，「離開是完成人生的最後心願」。

比喻說：「雞蛋扔在高牆上，每一顆雞蛋都有自己的靈魂」，但「高牆是沒有靈魂的」。不管雞蛋有多少錯誤，高牆有多麼強大，我們也要永遠站在有靈魂的雞蛋這一邊。

漏網鏡頭

相機被偷、半夜等嘸車
疫情下的奧運攝影求生記

文、攝影／吳家昇

往年中央社都會派兩位攝影去拍奧運，但這次國際奧委會只給台灣五張攝影證，扣掉其他同業的名額，我們只能派一位攝影，就是我，單挑整個代表隊。

這次去東京，前面十四天採旅遊泡泡制，進出場館都有嚴格限制，加上台灣選手賽程集中，表現還特別威！我馬不停蹄地在各場館間奔波，扛著攝影器材與時間賽跑，生怕錯過任何一個選手的重大時刻。

出入場館採預約制　攔到計程車「人品爆發」

起初幾天移動都要坐接駁專車或計程車，但計程車的乘車

券往往不夠用，大家通常會省著搭。於是就會看到眾媒體在烈日下戴著口罩、扛一堆器材等接駁車。

羽球館位置偏僻，有次拍完要趕去下個地方，在路邊等了四十分鐘還招不到計程車。後來是同業「人品爆發」剛好遇到車，不然真的不知道該怎麼辦。場館志工也不一定能幫你叫車，畢竟前提是對方要能用英文跟你溝通。

開幕式那天工作到半夜十二點，收工後接駁車站大排長龍，我原本想搭計程車也沒攔到，只好再走回去等接駁車，回到飯店已經凌晨三點，早上七點起床準備拍攝工作，幾乎沒什

烈日下邊等車邊工作的記者，錯過接駁車的話，就要再等一小時。

麼睡。

在這裡每天都過得很緊湊，早出晚歸，而且交通很不方便。若以台北捷運的地理位置為例，我的飯店在台北車站，要去的場館在龍山寺站，距離明明很近，但接駁車轉運站在石牌站，我就是得先搭車到石牌站，再轉搭接駁車到場館。

各大場館進出都採預約制，前一天就要預約。像田徑、體操這些全球參與的熱門運動，因為各場館門票有限，台灣來的五個攝影記者就要抽籤，抽到的兩個人才能去拍。

沒抽到就要自己想辦法，總不能沒拍到李智凱吧，無法交差。有時我走過去開頭就劈哩啪啦講一大串英文，假裝很趕時間，害怕講英文的日本志工被嚇得一愣一愣，來不及反應，就放行了。中後期把關就比較寬鬆，進出也比較順利。

2021年8月1日那天行程真的很緊湊，早上有高爾夫決賽（潘政琮）、拳擊四強賽（陳念琴），傍晚到晚上還有李智凱跟戴資穎的金牌賽。後來資深的攝影大哥就去跟中華奧會借了一輛車，載著我們趕行程，真的很感謝他們，不然可能就拍不到了。

①每個記者會獲得
　十四張面額一萬日
　幣的乘車券，但來
　回一趟場館往往會
　用掉二到四張。
②體操、田徑項目較
　熱門，需透過中華
　奧會向國際奧會提
　出申請，能拿到幾
　張全靠運氣。
③攝影區一張板凳坐
　兩個人，需要抽籤
　依序入場並保持社
　交距離。我手氣不
　太好。

各家媒體待遇不同　位置、角度限制是硬傷

　　我好幾次都是壓線到會場，有時站位就不太好。李智凱比男子鞍馬項目，我趕到時比賽已經開始，攝影第一排都滿了，我只能從第二排往下拍。角度不同拍下去就有差，我的背景就無可避免會有工作人員、其他攝影機等，很雜。

　　卡位也不僅是先來後到這麼簡單。在奧運場上，攝影也有階級之分。轉播人員是金字塔頂端，他們不用像我們一樣穿著可辨識身分的背心，可以自由穿梭在賽場中的海景第一排。

① 身著藍背心的大型通訊社記者，站位通常比其他記者佳。
② 拳擊場館中，攝影與擂台的真實距離。

再來是法新、美聯、路透等世界級通訊社，他們有另外付錢給國際奧委會，除了現場有較佳拍攝位置外，還有一群人遠端操控拍攝，像社群很紅的郭婞淳倒地一笑畫面就是他們遠端操控空拍鏡頭拍攝的。但同一時間，我就只能拍到水平視角，她倒下來還被槓鈴擋住。

最後才是其他媒體攝影，我們必須身著土色背心，抽籤依序進場，只能撿大型通訊社記者剩下的位置，即便他們拍攝區域有空位，我們跨區拍攝也會被現場工作人員警告。

有些座位安排也很匪夷所思，像是拳擊場一樓裁判宣判的

2021年7月「舉重女神」郭婞淳在確定拿下東京奧運女子舉重59公斤級金牌後繼續挑戰，第三舉141公斤雖未能成功，但她依然笑得陽光。

正面角度劃給文字記者，如果攝影要拍正面，通通去二樓，不然就是待在一樓的左右兩側，角度就不太好。

聽其他同業說，以前頒獎時，會把選手請到攝影區前面拍，但本屆因為防疫考量，不能這麼做，只能在頒獎時盡量拍。為了讓台灣選手看向我們，我們都要一直大叫「楊勇緯這裡！楊勇緯！看這裡！」一直喊一直喊，很像粉絲見面會。（笑）

失竊做筆錄、十二次篩檢　鏡頭外的求生記

安檢、身分檢查、禁止跨域移動，東奧採訪管制這麼森嚴，但是我的攝影器材竟然光天化日就在攝影區裡被偷了！

閉幕式前一天，台灣選手比賽告一段落，我去角力場館拍照，想多帶一點畫面回去。我在前面拍照，另一台相機放在管制區內的攝影席，距離我沒幾公尺，竟然被有心人士摸走了。

發現的第一時間，我就請工作人員調閱監視器，沒想到剛好位在死角，攝影機什麼也沒拍到，工作人員跟我們駐日特派記者協助我與日本警方做筆錄。

筆錄做完時，已經沒有接駁車可以回旅館，熱心的工作人員幫忙叫了計程車送我回去，到的時候已經凌晨兩點半，體驗到另類的台日友好經驗，但我已經精疲力盡（根本心在滴血）。

主管知道時喃喃地說，2016年里約奧運，同事走在路上被搶劫；2021年到了東京，原以為可以放心許多，沒想到還是發生災難。小偷應是故意挑閉幕式前一天下手吧，因為他們只要一離境就很難再查。

為了這趟旅程，我總共做了十二次的檢查，包含出國前後三次PCR、期間定期要交給主辦方的唾液採檢等，我現在應該是全台灣數一數二安全的人。

香港反送中採訪日誌

文、攝影／吳家昇

【寫在前面】2019盛夏，香港。這個夏天發生的一切，都將刻印在歷史上。「反送中」活動一次又一次震驚了世界，除了長年駐點的資深特派記者，中央社陸續從台北派遣多位攝影記者、文字記者前往支援，他們記錄下來的畫面、觀察已經隨著即時新聞呈現。新聞之外，這座此刻聚集了全球最多記者的城市，是怎麼度過抗爭不斷的一天？人生地不熟（還不通粵語）的記者看到的是什麼樣的香港？

0808-0814 第一次赴港採訪

8日

為了躲颱風，今天提早到香港，住警察總部附近飯店。安頓好後出門感受一下氣氛，沒發生衝突的區域恍若平行時空，

香港一切如常，只有噴漆提醒著抗爭還在持續。

街頭平靜祥和，五光十色且滿是觀光客，沒看新聞還真的不知道有發生什麼事。

9日

　　機場集會十分平和，近千群眾在大廳喊口號，發文宣給入境旅客。

10日

　　下午的大埔遊行結束後群眾分散各處，本來以為會像「大三罷」之前的抗議，滿是短兵相接的畫面，結果民眾「快閃」大埔警署之後，就搭地鐵到大圍占路，警察趕到清場又馬上落

跑。本想先拍警察再來處理示威者，催淚彈射沒幾發，轉頭一看示威者全跑光光。當天就是看著在地港媒的即時新聞與直播來搜尋示威者聚集地，坐地鐵坐到飽。

11日

　　遊行兵分兩路，在維園和平集會後，民眾自發性遊行從銅鑼灣走到灣仔警總周邊占路，裝備齊全的衝組到第一線示威等待警方清場，港警跟示威者距離超過四十公尺，只能選一邊拍。

　　這次學乖了跟著群眾走，還是難拍，催淚彈煙霧加上夜間低光源、跑動中的群眾及搶鏡的媒體讓相機鏡頭容易迷焦及難構圖。這場除了催淚彈外，也讓我首次看到示威者自製的汽油彈。港警還假扮示威者，混在人群裡抓人，頗有街頭巷戰的感覺。

12日

　　前晚另一場深水埗遊行發生布袋彈射瞎女子右眼的慘劇，激怒香港民眾號召百萬人占領機場。本來是這天晚上的班機回

台北，看看情況預估會飛不回去，就沒在市區預辦登機，把行李寄放在機場。結果猜測成真，班機取消，還來得及從行李箱把安全帽、防毒面具拿出來。

機場被占領是件大事，瞬間風聲鶴唳傳言四起，說什麼「要清場了」「速龍小隊要來了」，數千名示威者陸續走掉一半。社內很緊張地要我注意安全，本來猜測深夜會有清場行動，結果猜錯，一夜無事，一早示威者剩不到百人。

13日

上午回飯店補眠，睡沒幾小時起來重訂航班，撥了好幾次電話，等了近半小時才打通，說是晚間的航班會有位子，可是看氛圍又不像當天能回得去，所以就訂了隔天下午三點的飛機。

打開網路直播看機場情況，有個「內地男子」被質

被毆打的記者。

疑是公安，示威者團團圍住不讓他走。深夜發現港警出現在機場，緊急趕去現場，到的時候港警已撤，觀望了一下發現群眾圍著一名疑似中國人，對他潑水、咒罵並毆打。拍攝幾張退出人群，看情勢不對不敢說中文，怕被質疑身分，用英文問了身旁學生，他們七嘴八舌地說那個是中國人而且力挺警察、或說他曾在其他示威場合動手打人，也有說他是「內地記者」。消息不確定不敢亂發，等到早上才確定他就是被毆的《環球時報》付姓記者。

14日

上午看了輿論及相關新聞，中午到機場看看狀況，只剩少數示威者，航班陸續恢復正常，下午順利出境。回到台灣，計程車上播著廣播新聞，滿滿的選舉口水聽得有點煩躁，但這是不是就是民主國家應該有的日常？

戴著防毒面具未實際感受催淚瓦斯效果，但外露的皮膚接觸粉塵有刺刺的灼燒感。這次攜帶3M 6800防毒面具+6006濾罐+502濾蓋+2091P100濾棉，有效；但就是無法戴眼鏡，得戴隱形眼鏡。看到有衝組使用蛙鏡加上半罩式面具，也滿有效。

黃色反光背心在現場非常重要，它是證明身分的重要配件。因為不會說粵語，只能視現場氛圍來決定說中文或英文，不少示威者聽到我說中文，會先猶豫是否要跟我交談，但只要說出「我是台灣來的媒體」，對方馬上態度友善，還有女學生對我比愛心說「我愛台灣」。

0830-0902 第二次赴港採訪

30日

下午抵港，晚間到旺角及蘭桂坊拍了些歌舞昇平的畫面。看著尋歡酒客與逛街人潮，再回到抗爭現場，突然覺得十分不真實。

31日

前一天警方對反送中意見領袖的830濫捕，引發很多反彈，新聞報導預估今天會是最暴力的一天。下午從灣仔修頓球場遊行到中環，本來在中環要拿出空拍機來飛，無奈手機將我兩天前才下載的DJI app自動卸載，遊行現場無處尋網路重載

app，只好先趕回飯店，才到飯店就發現示威者去襲擊政府總部，又趕緊衝過去。這場衝突警方首次出動藍色染料水炮車，示威者也丟出多支汽油彈並多次縱火。混亂中目擊記者同業被磚頭砸到，我也被汽油彈掃到颱風尾，幸虧沒點燃。

1日

示威者號召再占機場，被機場人員阻隔進不去管制區，警察聞風而至，示威者隨即撤退，但是周邊交通已被阻斷，往返機場僅剩步行一途，從機場走到東涌需一小時，往欣澳走再加3小時，很多香港市民主動到現場「義載」示威者，我也幸運遇上一台重機大姐載我一程；當日的苦行被稱作港版敦克爾克大撤退。

2日

大三罷之罷課日，中午先在中環愛丁堡廣場拍中學生罷課，下午趕赴中大拍大學生罷課，活動前雖有中國留學生鬧場，但過程大致平和。晚間到機場因班機延遲，長榮地勤幫忙改班機反而升等商務艙提前回台。

再訪香港，心理壓力減輕許多，這次的目標是補足上次沒拍到的照片，但體力負擔強度比上次熬夜還大。在港數日天天下大雨，鞋襪沒乾過，全身濕又臭，占機場那天還苦行走路走超遠。

　　這次工作到一半發現P100濾片掉了，體驗到催淚瓦斯的威力，眼睛會發痠、睜不開且想乾嘔，還好不少示威者也用3M防毒面罩，在地上撿了個被棄置的濾罐，雖有裂痕但還堪用。

　　不慎沾到水炮車加了藍色染料的水柱，皮膚刺刺的，有噴肌樂的感覺，噴到眼鼻相信會更慘。回到飯店後才發現難以洗掉，顏色有慢慢變淡但還是殘留在皮膚上。

　　忘記帶gopro來，在旺角買了小米運動相機，畫面變形嚴重、低光源畫質不優但續航力好很多。不過只用了兩天便從頭盔上掉下來，連同防水殼、支架一起消失在香港街頭。

　　回台後過沒幾天，香港特首林鄭月娥正式宣布撤回逃犯條例。我們都知道，這個夏天，還沒結束。

藝術和用來賣的藝術

文／鄭景雯

「表裡不一」如今已成為許多人的習慣，便宜行事的工具，甚至是信仰。就像有人說「經濟100分、政治0分」，但誰也不懂什麼東西是幾分，葫蘆裡的藥成分、療效都不明。蜂擁追隨的粉絲卻也顧不了那麼多，依舊挺到底。「深究一件事」這樣的一件事，早已成了奢望。姐聊的不只是政治，在藝術拍賣界，也常常有似曾相識的場景。

文化路線有多種類型，舉凡表演藝術、視覺藝術、出版、電影、文化政策等，都被歸類在廣義的文化裡，然而藝術拍賣一直是我最難以定義的「文化」。藝術拍賣現場的人們似乎都得穿著高雅貴氣，才能配得上每件至少六位數字起跳的藝術品，單是這樣就讓我感到渾身不自在。

更別說進到拍賣會場內，坐在台下的每位藏家，最後在乎的只剩藝術品的「價格」，沒有人在深究藝術品本身。最後會把畫作來龍去脈講得透徹的，多半是買不起畫作以及只能在網上嘴砲的我。

惡搞有理？藝術家班克西的反叛

藝術圈有個惡搞藝術拍賣出名的英國街頭藝術家班克西（Banksy），經常用創作和行動，嘲諷這個不究其裡，又時常被謊言欺騙的社會大眾。多年前班克西在紐約住了一個多月，期間創作超過二十件作品，最後他把作品交給一位在中央公園擺攤的老先生，想當然爾，沒人知道這些是班克西的真跡，老先生一天只賣出四件作品。

這個事情最後被影像拍了下來，引起轟動，然而班克西要傳達的訊息是：「蠢蛋們看清楚了，當一件作品價值二十萬歐元，你們爭得頭破血流去買，但當它價格低廉時，卻沒人有興趣。」

同樣的嘲諷方式，班克西在2018年倫敦蘇富比「當代藝術

夜拍」又玩了一次，當《氣球女孩》落槌後，畫作卻被隱藏在畫框裡的碎紙裝置絞為碎紙，像是呼應他2006年創作的《一群傻子》（Morons）。畫作裡描繪藝術拍賣現場，然而眾人在競標的卻是一張上面寫著「I can't believe you morons actually buy this shit!（真不敢相信你們這些白癡掏錢買這垃圾！）」當班克西的作品越是反資本、反虛偽政治、反戰，那群他反對的人，就越是熱衷於收藏他的作品。

這手段或許比檯面上的大人物高明，直接告訴你我賣什麼藥，但也別乞求買了作品之後，就能聽到班克西喊你一聲爹，他甚至可能還會賞你一巴掌。但或許這樣說真話、反映真實的創作，才是藝術本來應有的面貌。

中文與越文超級像
我「說來說去」與你「說去說來」

文、攝影／陳家倫

　　派駐越南河內一年了，赴任前，天真以為靠著英文與比手畫腳能應付日常七成事務，結果差點淪為社會邊緣人，但也意外開啟第二外語學習，進而發現越文與中文像到令人莞爾。

意外學習第二外語

　　記者儘管因工作之故四處飄蕩，但真要說起來，國際觀可能也比一般人多不了多少，至少在派駐越南前，工作、生活鮮少主動觸及東南亞議題，偶爾可能因為南海爭端、排華事件等，才會稍稍將目光移至中南半島。

「河內是個國際大城市，英文能通吧！」各種無知導致初抵河內時吃盡苦頭，每次點餐都想用英文，卻屢屢與服務人員在菜單前面面相覷；第一次自己上街用英文訪問民眾對河內建都一千零一十年的看法，拒訪率達100%。

　　面對英文在生活中幾乎使不上力的情況，心裡難免有怨，但換個角度想，也不是隨便一家台北的麵店都能用英文點餐，也不是每名台北的路人都能從容地用英文受訪。轉念後，心中的不快消失了，進而開始學越文。

學語言是各種價值觀與世界觀的顛覆

　　語言是文化的載體，以前雖覺此話有理但沒共感，而學越文迄今，收穫絕非僅是成功使用越文點碗麵來吃的工具價值，而是貴在世界觀、價值觀的顛覆，每一天、每堂課都在扳倒自己渾然不覺的頑固與成見。

　　比方說，以前聽到有人呼喚越南勞工或配偶為「阿紅」、「阿英」、「阿雄」、「阿明」時，一度誤會這是台灣人出於自身偏好才給越南人取了這般「台味十足」的名字，但事實

上，這應該就是本名而非翻譯。

越南文因為使用拉丁字母與特有聲符，看在台灣民眾眼裡活脫脫像另一語系，但學越文後才知道，當中有七、八成的漢越詞；也就是說，許多越文單字、詞彙背後都有直接對應的中文與意思，而且唸起來音還很像。

例如花就是Hoa、公園就是công viên、國家就是quốc gia、銀行就是ngân hàng、準備就是chuẩn bị。以上詞彙可直接忽略聲符與越文字母改以英文來唸，若拼音能力沒問題，聽起來應該會很像帶有外國腔調的中文。

越文與中文許多詞彙發音相近只是一環，再從語法架構來看，兩種語言也幾乎達「逐字翻譯」的程度。好比中文的

越南與台灣文化有很多相近的地方，例如兩地民眾都會過農曆年；街景與台灣很像，到處都是摩托車。

一些越南的古廟依舊用
中文標示廟名。

「說來說去」，越文就表述為nói（說）đi（去）nói（說）lại（來），意思都是指反覆地說。

而有一次，一名越南官員用英文詢問自己名字「維」（越文：Duy）的意涵，說這是他八十多歲、深諳中文的爺爺幫他取的，但他始終不知其意。於是，略懂越文的中文母語人士，還能在越南朋友面前擔任說文解字的角色。

寫到這邊，必須插個話向越南說抱歉，語言畢竟是國家力量的展現，但因為歷史與政治因素使然，越南可說是全球「去中國化」的先鋒，所以在情感上越南民眾或許不太願意一直聽到人家說越文與「中」文很像。

越文中有高達七、八成的漢越詞,這些字詞背後都有直接對應的中文與意思,而且唸起來音還很像。

摩托車滿街跑　越南生活很台

　　然而,就中文母語者的角度,越文與中文是很相似的,且在越南的生活也「很台」,除了滿街跑的摩托車,到廟裡參觀到處都是中文,住家附近還有一間中醫診所名為保光堂(Bảo Quang Đường),兩邊民眾都過農曆年等。

　　只不過越文雖有高達七、八成的漢越詞,但它們通常屬於較高級、艱澀的字,像是法律、經濟、政治方面的用詞或是命名時才會使用;剩下那二、三成的純越詞則是生活中最常使用的字,這也意味,掌握好純越詞才能無礙地與常民溝通。

台灣民眾以往在選擇第二外語時，通常不會學越文。而今，有愈來愈多的越南人以學生、配偶、勞工、旅客的身分前往台灣，也有許多台灣企業在越南耕耘，學越文的邊際效益也在日益擴大中。

You go where沒說錯？
對，因為你人在新加坡

文、攝影／侯姿瑩

當你問朋友：「我們要看下午兩點二十分的電影嗎？」常會聽到Can Can這樣的回答。Can Can？對初來乍到新加坡的外國人而言，雖可以理解，但難免總要想個幾秒鐘後才能完全意會過來。

「新」式英文　多元文化下的產物

這是標準Singlish，「新」式英文。新加坡是多種族的城市國家，當地特殊腔調的英文與用法，常被西方母語人士調侃。「約下週一下午的時間可以嗎？」、「要看下午兩點二十

分的電影嗎？」這類問句，答案若是肯定，一般習慣的英文說法是yes或sure；然而，新加坡人最常用的字卻是Can。

Can在Singlish中代表的意思很多元，專家解釋，除了yes、當然（of course），在某些情境下還可用來表達「這是你要的嗎？」

事實上，Can的用法不僅擷取自中文的「可以」，也與馬來文的boleh有關。boleh同樣是「可以」的意思。

講到Singlish，相信許多人的第一印象就是在句尾加上語尾助詞lah，但其實「新式英語」涵蓋範圍很廣，它是多元文化下，不同語言相遇衍生的產物。外籍人士在新加坡生活久了，自然就入境隨俗，跟隨當地人用法，不少來自美國等西方國家的外來客，在日常生活對話中，也常常會用can這個字。

新加坡人口七成以上是華人，另外還有馬來人、印度人等少數民族。專家指出，Singlish在多元文化的環境下孕育而生，當地人民為了溝通方便而結合不同語言，其中主要元素包括英語、華語、馬來語、福建話等。

在新加坡生活了一陣子發現，當地點咖啡的道地用語或許是Singlish融合不同語言的最佳範例，若要點「加糖的

黑咖啡」，要說Kopi O，要喝「加了糖和淡奶的咖啡」，就要說Kopi C。O其實是福建話「黑色」的意思，至於C的由來，一說是代表海南話的「鮮」，也有人說是來自淡奶品牌Carnation。

如果想喝不加糖、不加奶的黑咖啡，就要點Kopi O Kosong。其中，Kosong是馬來文，意即「什麼都沒有」。

如此複雜的點咖啡方式，別說是外國人覺得很頭痛，連有些當地人也無法全都記起來。一位新加坡朋友就說過，她只記自己偏好調味的那種說法。

身分認同　對不同種族語言表達尊重

至於Singlish的起源，專家表示，很難追溯到一個明確時間點，但可以確定的是，它在新加坡正式獨立之前就已出現。民眾與住在鄰近地區的人互動交流，在這過程中，逐漸發展出一種對不同種族語言表達尊重的方式。

隨著時間的推移，Singlish的語尾助詞也越來越多，專家指出，一開始常見的只有lah、ah等等，後來漸漸多了leh、

Kopi O、Kopi C是新加坡獨特的點咖啡用語，可說是Singlish融合不同語言的最佳範例。圖為當地一家飲料店的菜單。

lor等不同助詞。Singlish也涵蓋了諷刺或批評的用字，比方說Walao Eh就是表達驚訝或失望的用語。

Singlish另一大特色是為了方便而省去非必要的字，只留下「關鍵字」。友人曾分享，要問對方去了哪裡，新式英文會直接說You go where？比起正規英文Where did you go？明顯少了一個字。

受到網路影響，許多人追求用字簡潔，Singlish也因此出現許多縮寫用法。舉例來說，CMI代表cannot make it，用來形容某人沒希望了（hopeless）。

相較於其他語言，Singlish算是相對「資淺」，專家觀

察，它的歷史還不到百年，單字也不斷演變中，很多上個世代使用的字，現在可能就不用了。儘管如此，Singlish仍有其重要性，甚至世界名著《小王子》都還曾有「新式英語」的翻譯版本。

專家分析，Singlish代表一種「身分認同」（identity），能拉近彼此、跨越不同文化與促進溝通，這是新加坡人共同擁有的語言，可透過社交、發揮創意而共同塑造。

而且，若少了特殊的「新式腔調」，Singlish就不完整了。

圓夢路上
與Kobe最近也最遠的距離

文、攝影／王騰毅

　　身為一個從小熱愛打籃球的人，心中一直有個夢想，那就是到美國親眼看一場NBA球賽，終於在三十歲這年、趁著年假的空檔，我飛往洛杉磯圓夢。

　　2020年1月26日，經過了一萬三千公里、十多個小時的飛行，抵達洛杉磯已接近中午時分，先到附近餐廳找個東西吃。餐廳螢幕上即時新聞畫面是一輛墜毀的直升機正在冒煙，仔細一看，跑馬燈寫著「布萊恩在直升機失事中身亡」。

　　第一時間真的無法相信，本來還想著在湖人主場看洛城內戰時，會有機會看到傳奇球星布萊恩（Kobe Bryant）坐在場邊觀賽的身影；沒想到，坐在洛杉磯的小餐館裡，吃著索然無味

的炸雞鬆餅，這一刻卻是我跟布萊恩最近也最遠的距離。

齊聚主場　用各自的方式道別

雖然要看的球賽過幾天才登場，我還是決定先到湖人主場史泰博中心（Staples Center）周邊看看。走著走著發現身邊越來越多人穿著布萊恩的球衣，球場前的廣場更是擠滿了人，大家都是為了布萊恩而來的。

陸陸續續有人手捧鮮花、球衣、海報、卡片等紀念物來追思。有人在紀念物旁靜靜地圍成一圈，也有人帶頭呼喊一聲聲Kobe、Kobe、Kobe。入夜後，球場上空多了好幾架直升機盤旋，大家都用各自的方式向布萊恩道別。

當天晚上，我因時差的關係睡睡醒醒，翻來覆去後索性起床，打開電腦整理追思現場照片。看了一下牆上時鐘顯示凌晨四點，我想起代表布萊恩勤奮練球的那段經典問答。

曾經有媒體問布萊恩為何能如此成功，布萊恩反問：「你見過凌晨四點的洛杉磯嗎？」原來，凌晨四點的洛杉磯，整個城市都還在黑夜之中，他已經開始練球。

一場意外的直升機失事,美國職籃傳奇球星布萊恩(Kobe Bryant)不幸罹難。民眾至湖人隊主場史泰博中心(Staples Center)追思。

後來幾天，走在洛杉磯市區的街上，依然可以看到很多穿戴布萊恩球衣、配件的球迷們，舉凡看板、公車還是地鐵甚至牆上的塗鴉，都有悼念布萊恩的字樣。原來布萊恩已經深深地活在這個城市的人們心中。

夢想不是終點　而是追尋的過程

　　距離布萊恩逝世已經三個多星期，此刻感覺還是跟聽聞消息那當下一樣，覺得很不真實，好像他從來沒有離開過。

　　有關布萊恩的各類影片仍不停放送，看著看著就覺得好像他一直都還在。過去的二十年裡，他確實激勵很多在世界各地打籃球的人們。

　　還記得布萊恩在球衣退休儀式上說過一段關於夢想的話。他說，「夢想不會是一個最終的目標，而是一趟旅程」，追夢的過程才是夢想本身，而最終會發現，夢想也許不會完成，但更偉大的事將會發生。

　　從來沒想過，我的圓夢之旅會是這樣的結局。儘管難免遺憾，但能在現場參與並記錄世人追悼布萊恩的偉大，真的遠比看一場球賽深刻且重要多了。

兩家餐廳　一種心聲

文、攝影／鄭清元

　　兩個故事都發生在這個炎熱又不能內用，拉下口罩喝水都得小心翼翼的炙熱夏天裡。

　　首先談談第一家餐廳。

　　那時候，三級警戒的解封即將上路，身為盡責的攝影記者（自我調侃一下）拿起相機走上街頭，記錄此時此刻的台灣。經過一家好像新開沒多久的牛排餐廳，看到上頭掛著的布條，讀來令人莞爾，我蹲在路邊，拍下幾張照片，然後離開，繼續尋找其他的影像。

　　稍晚，摸著咕嚕咕嚕叫的肚皮，突然想起剛剛拍攝的西餐館，我心裡決定了今天的晚餐，於是折回腳步，燈光仍亮，還在營業，走進店門，老闆出來迎接，瞥見我的相機，「啊～你就是剛剛那位拍我店門的攝影師！」

疫情下，店家展現著自我解嘲的幽默。

（不會是要我刪除照片吧？）

趕快抹去這個拒人於千里之外的負面念頭，「是啊，老闆我看你這個布條很有意思，我是新聞攝影記者，正在拍攝一些微解封的照片。」

老闆臉上綻放出害羞的笑容，「那是我寫的啦哈哈哈～不錯吧～」然後喜孜孜地問我哪裡可以看到這張照片，生意難做，大家都要撐下去云云……

老闆你看到了沒有？你的心情大家都知道了。

第二家餐廳則是另一種苦中作樂。

也是一個尋找圖文的一天，帶著相機在路上走來走去，看看手錶，時候也不早了，正打算走完這條街就買晚餐回家。

經過一家新開的餐廳，眼角餘光一瞥，一瞬間我停下腳步，不對，怎麼裡頭一堆客人？

透過自動門的玻璃往裡頭認真觀望，原來裡頭真的坐滿了「客人」，在下鋼鐵直男的少女心，瞬間大爆發。

走進餐廳，「歡迎光臨～」牆角裡面坐著的幾位員工起身，前來招呼，我表明來意，老闆二話不說馬上答應。

客人不上門，但這家店卻門庭若市。

「稍等我一下。」老闆急忙收拾桌上的餐具，「我剛剛在吃飯，這邊的娃娃先收起來了，我擺回去。」

老闆眼神專注盯著我，「我這放置的順序還有故事的。」

原來每一桌的酒酣耳熱，還有背景故事，有搶食物的小孩，也有因三級警戒而喝悶酒的鬱卒人客，或許，每一隻娃娃都是老闆的怨念分靈……

兩家餐廳，一樣的心情，苦中作樂，盼望回歸正軌的日子盡快來到。

世界是否因為我
變得更好一點點

文／葉冠吟

　　在下著雨的台北午後參加了一場新聞獎頒獎典禮。挑了一個會場最邊緣的角落，打開電腦、錄音筆，心想著典禮何時能順著流程表快速走完，就能跳上車，奔向充滿陽光的南方休假。典禮落幕，我卻駐留原地，心裡有著一股嗡嗡作響的震撼。

　　忍不住走上前詢問擔任多屆主持人的前同事：「是這屆頒獎典禮特別感動嗎？」她回應：「每年都是這樣啊。」

　　是啊，突然想起近期參與的金曲獎和金鐘獎頒獎典禮。儘管我無法明確理解歌手、演員或幕後工作者們究竟吃過多少苦，才有機會站上台，讓燈光打在身上，然而台上的人那止不

住的哽咽、顫抖，與簡短卻真情流露的感言，渲染力直直穿透螢幕，讓觀者不由得跟著紅了眼眶。

新聞獎存在之必要

我的記者資歷根本和得獎前輩們沾不上邊，卻完全能想像要寫出、製作這些報導，得咬牙熬過多少個奔波、難眠的日子。他們之中有人從香港的催淚彈煉獄歸來、切身感受到生命之脆弱；有人選擇蹲下身、牽起貧病交加長者那雙充滿皺紋的手；有人因畏懼網路散播恐懼的傳染力，挺身而出。

上下游市集的得獎，讓我印象最為深刻。這個成立九年的農業獨立媒體，花了四年跑遍台灣檳榔三大產地南投、嘉義、屏東，試圖揭開僅次於水稻的台灣第二大作物檳榔，被忽視的高風險危機——政府三十年來從未有關於檳榔的農藥管理規範，任農民漫天噴藥，導致蜜蜂暴斃，也讓農人、產區民眾曝露於化學藥劑之中。

她們最終以「全台最大農業漏洞—檳榔共業三十年」專題報導獲得報紙及雜誌類的公共服務報導獎。

名字被頒獎人叫到的瞬間，獲獎記者忍不住哽咽，她們說檳榔議題很小眾，長期受到偏見與忽視。採訪過程，她們被蜜蜂叮、被太陽曬，每天狼狽不堪。不過民眾誤以為與自己距離遙遠的檳榔，它所帶來的負面效應卻早已與大眾切身相關，「我們再次感受農業議題，多麼需要有人去深耕與監督」。

她說，記者是一份錢少、事多、離家又遠的工作，自己常常搞得很狼狽。但在當記者時，她感受到生存的意義、求知的快樂與對社會的貢獻，「讓我們願意，像希臘神話中被懲罰的薛西佛斯（Sisyphus）一樣，每天很賣力的推著大石頭，推上來又滾下去，相信有一天社會總會因為我們而進步一點點」。

她們說：「今年蜜蜂和蜂農一樣受害，我們再次感受到，媒體力量要促進正面的改變有多麼困難。」在灰心之際，這個獎項給了她們一些鼓勵與溫暖。

或許這就是新聞獎存在之必要吧？

有如薛西佛斯推石　堅持不輟

這一屆多數獎項得主都是小型獨立與地方媒體，包含投身

環境議題逾二十年的環境資訊中心、成立五年的新興網路數據平台網路溫度計，還有分別扎根台南、彰化的新永安電視台與教育廣播電台彰化分台。

獎項評審召集人胡元輝告訴我，他很開心能看到這樣的結果。主流、大型媒體儘管能以全面性的角度探討議題，難免無法兼顧更小眾、深入的在地議題。而這些新興媒體卻願意花時間、心力長期關注特定議題，走進並掌握在地資訊。

他說，「他們努力那麼久，總會開花結果」，而這個果，就在這一天收成。

我還年輕，心裡也盼著有朝一日能掙得幾個獎，彷彿是種肯定。或許是台灣教育體制下的我們，太需要這種看得到實體的鼓勵。

但是得獎者終究只有一個，如果最後沒有結「果」呢？如果薛西佛斯總是無法將石頭推上山頂呢？有些遺憾是吧。無論是得獎或不得獎，然後呢？

猶記金鐘獎前夕，曾訪過幾位入圍多次的導演、演員，所有人都不約而同說：得獎了、開心了一個月，然後呢？還不是得繼續工作？獎盃也不能當飯吃。

用筆為社會發聲　為人民出氣

　　對新聞工作者而言，新聞獎的確是很大的肯定，但終究有點可遇不可求。我們依舊得生活，依舊得為下一份報導、工作，熬夜寫稿，打遍各處電話，走訪核心處所，一樣會疲累，一樣偶爾會感到無力，一樣完成後有著難以言喻的成就感。

　　無論得獎與否，報導長短，只要不愧己、不愧人、不愧受訪者、對社會有一些啟發、正向影響，不需外在肯定，你就是個好記者，你的每一份努力都是有價值的。

　　還記得大學時著迷於美劇《新聞急先鋒》（*The Newsroom*）中的記者，追求真相、公平、正義的責任與勇氣，當時也愛看資深記者們，如何用筆和鏡頭為社會安全網接不住的人們發聲，如何為沒有力量的人民出氣，衝鋒陷陣站在歷史現場，記錄社會變化，寫下人情冷暖。

　　懷著滿腔熱血踏入新聞界，日復一日的體力、心力勞動消耗，很難不讓熱情被磨去幾層皮，只剩薄薄一層覆蓋在心頭上，偶爾被觸動、點燃。

　　想起上下游記者的一句話：「做了那麼多年記者，就覺

得這份工作給了我很珍貴的養分，一個對全世界發問發聲的機會，這是其他工作取代不來的。」

也想對自己說，珍惜對世界發問的機會，希望世界也因為我變得更好一點點。這個機會，早已是我們握在手中的獎盃。

一點也不「走鐘」的
走鐘獎

文／葉冠吟
攝影／鄭清元

　　身為一位菜鳥記者，雖然只經歷過二屆金鐘獎頒獎典禮，但得在近五小時的典禮中掌握四十個獎項，簡直像輪番轟炸，手忙腳亂又不知所措，同樣四個半小時左右的金馬獎、金曲獎，分別只有二十五和二十九個獎項。我想就算參與再多次，大概也難以從容應對。

　　2021年底，業界就傳出金鐘獎將分成「戲劇類」、「節目類」各自舉辦頒獎典禮的風聲，果真在2022年2月，文化部就召開一場名為「電視金鐘獎改革說明」的記者會證實消息。

　　意即第五十七屆金鐘獎頒獎典禮2022年10月下旬，分兩天

舉辦，以解決典禮過於冗長，戲劇、綜藝兩者性質不一等長年詬病，也將細緻分工獎項，獎勵更多幕後努力的工作者，備受業界與媒體期待，自然也飽受檢視。

不過在緊接著的11月，還有另一場名字相似、值得期待的頒獎典禮接續登場，就是YouTuber界年度盛事、獎勵優秀新媒體創作者的「走鐘獎」，邁入第四屆。很多人以前可能不認識它，但未來，或許無法忽視了。

2021年第三屆走鐘獎頒獎典禮YouTube影片累積的觀看次數，高達二百四十二萬，這可是同年金鐘獎頒獎典禮網路收看數的二點五倍，相當驚人。

如同走鐘獎幕後推手團隊、YouTube頻道「上班不要看」創辦人呱吉在第三屆頒獎典禮的致詞，他說，當年第二屆仿擬金鐘獎獎座的金色大腳丫，是手工黏製而成，現在早已轉為開模打造的穩固禮品，「走鐘獎已從搖搖欲墜、隨時可能脫落的底座，變成往前邁步，可以往前走十年、二十年的大腳印」。

這個二十年要怎麼邁進，又是怎麼開始的？藉著好奇心，有幸潛入「上班不要看」工作室，獲呱議員親自分享，還見到吉祥物「寶寶」本喵，堪稱相當幸福的午後時光。

在「上班不要看」辦公室的一隅，放置著走鐘獎的獎座，造型明顯「致敬」金鐘獎。

從「諧擬」開始的走鐘獎　意外走出新意

在喜劇中，有種手法叫做「諧擬」（Parody），拿觀眾熟知的人物或事件，以間接模仿或轉換的方式開玩笑，「走鐘獎」的誕生就是這麼一回事。

「我們從來沒想說要變成一個真正的獎項，只是想用來搞笑」，呱吉坐在我面前親切分享。最初就只是「上班不要看」前成員阿傑靈光乍現，想以詼諧有趣的方式仿效金鐘獎頒獎，博君一笑，因此連名稱都刻意取成「走鐘獎」。

不過「諧擬」做得越認真，就越好笑，呱吉說，2019年舉辦第一屆走鐘獎頒獎典禮時，「上班不要看」團隊不小心玩得太開心、自掏腰包砸了新台幣四十萬籌辦，還動用人情利

走鐘獎幕後推手之一的呱吉坦言，一開始完全沒有想把走鐘獎變成真正的獎項，「只是想用來搞笑」。

誘，把台灣知名YouTuber阿滴、Joeman、白癡公主等好友們騙來共襄盛舉，但從頭到尾得獎者，就只有一個團隊「上班不要看」。

只是難得看到這麼多YouTuber同框出現，加上趣味無厘頭的創意獎項，和葷素不拘豪無限制的節目內容與發言，立即吸引觀眾目光，迄今影片累積觀看次數已破二百五十萬。

呱吉回憶，首屆走鐘獎辦完後，立即獲得業界、粉絲間熱烈迴響，讓他忍不住思考，要不要再辦下一屆呢？第二屆還要這樣惡搞嗎？

畢竟在台灣，電視、電影、音樂領域各有金鐘、金馬、金曲獎等最高殊榮獎項，來肯定工作者們成就與付出，卻沒有一項針對新媒體舉足輕重的獎項，呱吉想想，好不容易第一屆積

累了一些能量，應該得認真以待。

「走鐘獎」為新媒體創作者而生　肯定用心

到了2020年，第二屆走鐘獎頒獎典禮如願登場，依舊保持搞笑幽默，但規模成本翻高五倍，上看新台幣二百萬。場地變大、獎項變多，開放給所有新媒體創作者報名參與，並邀集饒舌廠牌「顏社」創辦人迪拉胖、金馬獎最佳新導演徐漢強擔任獎項評審，專業評分，呱吉強調：「絕無黑箱作業、絕非以流量頒獎。」

他舉例，如同奧斯卡獎和金馬獎常會把獎項頒發給主流觀眾可能沒注意到，或議題有趣的作品，走鐘獎也希望藉獎項殊榮，讓大眾有機會看見被網路流量掩蓋的佳作，就像第二屆與第三屆的大贏家「台客劇場」及「白昆禾」，呱吉笑言，得獎原因很簡單，就是專業評審都承認作品特別好。

其中YouTuber白昆禾在第三屆獲得四項大獎時，讓呱吉印象特別深刻。他得獎的作品，是記錄擔任物流司機的父親，可能將被工作二十年的公司資遣的影片，「白昆禾得獎後，那支

影片多了幾十萬觀看，也有很多人在下面留言，『因為他得獎我跑來看，果然實至名歸』，這是讓我覺得走鐘獎有意義價值的地方」。

回想這幾年籌辦過程，第一屆接續第二屆舉辦時最為困難，呱吉坦言，當時走鐘獎還沒引起社會多數認同，第二屆在尋找贊助商過程不大順利，最終是虧錢作收，但到了第三屆時，情況忽然不同了，他發現，大家開始關注走鐘獎了。

「因為第二屆做得好，典禮一結束，科技新創圈、政治圈的朋友馬上來私訊我，問有沒有什麼可以幫上忙的地方」，呱吉指出，尤其在第三屆要舉辦時更為明顯，一下子贊助金額就已上看九百萬，儘管後來因COVID-19疫情部分廠商撤資，小有虧損，但已證明走鐘獎若想獨立招商推動，完全可行。

更別說「上班不要看」團隊2022年如火如荼籌辦的第四屆，已募得與第三屆差不多的款項，甚至有電視台來跟團隊洽談轉播權，「這是以前完全不會發生的事」，呱吉也覺得有些不可思議，畢竟以前新媒體創作者圈和影視圈向來壁壘分明。

關於「網紅」和「明星」被打破的界線

「有一個有趣的點，大概五年前，你會看到很多綜藝節目邀請知名網紅參與，和明星們做對比，節目標題就寫著『沒想到這些人比你還紅』。」

呱吉指出，在節目裡會介紹網紅的IG、YouTube追蹤人數有多少人，然後就會講出「是不是比你還要紅」這句經典台詞，「這樣講像稱讚，但背後也包含著貶低意思，有種，其實你不是我們這一圈的人的感覺。」

為什麼會出現「網紅」這個詞彙？呱吉分析，過去人們會把做表演事業而有知名度的人稱為「明星」，後來又出現這麼一群網路創作者後，才有了「網紅」一詞，「網路上因為做表演而紅起來的人的簡稱，為什麼用這種說法，因為他們覺得這群人不是明星，只是在網路比較紅而已。」

但對呱吉而言，無論是網紅還是明星，所有人都是從事表演、創作工作，雖不覺得自己有什麼特別了不起，但也沒有特別卑賤之處，「網紅」一詞像自我設限，似乎這群創作者只存在於「網路」。

不過認真回溯近年來YouTuber圈的動態，從「上班不要看」連舉辦三屆走鐘獎、YouTuber阿滴和志祺成立「台灣新媒體影音創作者協會」，到站立喜劇演員博恩所屬的薩泰爾娛樂能在台北流行音樂中心，舉辦容納五千人的實體節目，再再證明這群「網紅」線上線下都很活躍，未來行有餘力，涉足電影、影集、音樂也不無可能，甚至已經發生。

「經過這五年，雖然不是說兩者（YouTuber與影視圈）間的距離界線變小，但大家比較不會有那麼強烈的感受，覺得網紅是一群亂七八糟，不知道在做什麼的屁孩」，呱吉笑言，至少已經比較少看到有綜藝節目又再下「沒想到這些人比你還要紅」的標題了。

獨立運作保持趣味　謝絕公部門補助

話題回到第四屆走鐘獎，快被視為如三金般，YouTuber界一年一度的正式盛會。在文化部積極鼓勵各項藝文活動的現下，很有機會能申請補助，但呱吉不要，「我們是不會拿公部門的錢」。

其實不論是金鐘、金馬或金曲獎，都有獲得文化部二千萬到九千萬不等的補助籌辦，「雖然沒有什麼錯，金馬獎也做得非常好，但跟政府拿錢就是要跟著官方規定、品味去走，不可能保持走鐘獎的獨立有趣性」，呱吉搖搖頭。

畢竟自己都在第三屆走鐘獎頒獎典禮尾聲致詞時，動人喊話：「我們是最自由、最前鋒的新媒體的專屬獎項。也許別人會很在意政治、性別各種敏感的話題，但在這裡全部都不是問題，這是我們最重要的精神」，呱吉也想挑戰繼續讓走鐘獎，成為台灣少數能獨立養活自己的獎項。

那第三屆指導單位掛著「文化部影視及流行音樂產業局」又是怎麼一回事？

呱吉聽到後，馬上哈哈大笑，娓娓道來。他坦言前兩屆本就設定為搞笑的諧擬活動，當然獎座、LOGO都朝金鐘獎看齊，「但第三屆算很正式，花了數百萬籌備，社會知名度也到達一個程度，我們也意識到『欸，金鐘獎會袂爽了吧』，不能連三屆都在搞人家」。

因此在第三屆舉辦前夕，呱吉與團隊滿懷誠意地和金鐘獎主管機關，也就是文化部拜個碼頭，「我們知道這個東西不

應該，但你們可不可以認同我們再做一次，下一屆保證會改掉」。文化部也寬宏大量的知道他們沒惡意，只是提醒，下屆LOGO可不能再那麼像金鐘獎，並掛上指導單位肯定其「正當性」。

這讓呱吉呵呵地說：「他們雖然沒有給我們錢，但他們給我們的寬容，是金錢不能衡量的」，眨眨眼，讓現場大家都忍不住噗哧笑出來。

不過呱吉再三掛保證，絕對不會改名字，會保持「走鐘」到底，畢竟連名字也退縮的話，原本創辦的初衷也會喪失，「畢竟它不是只是個正經發給優秀者的獎項，也希望它保持很獨立、很酷、很特別的個性」，只是前三屆獲獎者真的得好好珍惜手上獎座，2022年再辦，長相可真的不會再一樣了。

「喵喵喵喵」，一團毛茸茸的肉球在門口晃來晃去，辦公室團寵寶寶的散步時間到了，話題也該稍停，否則恐怕會遭賞一記貓掌。

突然想到電視劇《茶金》、《我們與惡的距離》製作人湯昇榮曾說：「獎項變革，是對於產業更高的尊敬及鼓勵，也是改變產業各個工作環節的關鍵。」

無論是金鐘獎或走鐘獎，用越趨細緻的獎項與類別，關注產業裡的每個角色，一定是希望讓努力耕耘的創作者們，被更多人看見、獲得肯定。不論是在電視或是網路裡，讓我們敬自由、敬創意，也期待年底的三金還有一「走鐘」。

讓理性放一天假
走訪池上尋回那原有的感動

文、攝影／王心妤

　　好的記者要有敏銳的觀察力和提問的勇氣，因為記者是讀者獲取資訊的重要管道，就算有些問題太尖銳，但基於工作需要，也只能當起讀者口中的惡人。

　　文化線記者大概是「另類」的一群，不同於政治線與當權者的口筆攻防，我們大概多了一份溫柔，因為藝文或影劇活動的本質不是衝突，而是感動。

　　「一生一定要去一次喔！」同事姊姊大力推薦台東池上藝術節，最後還補一句「在稻浪裡打稿的經驗太特別！」我邊查找往年的報導，頭頂不免冒出問號。

　　雖然資歷尚淺，比不上許多前輩，不過影劇線的例行活

動也經歷幾次。第一年參加最重要的三金（金鐘、金曲、金馬），典禮前心情既期待又緊張，連採訪要穿什麼衣服都前一天想好。

到了現在，入圍名單公布當天也許會有「哇！原來是提他」的激動，但激動隨即為理性淹沒，取而代之的是腦袋飛速運轉：「那接下來去約這個專訪，這個應該比較重要或比較有哏可寫。」

讓理性放一天假吧！

前往台東當天，一大早就到台北車站集合，同業們陸續出現，每個人臉上是期待，不是早起工作的倦怠。漫長的四個半小時火車到了池上藝術節會場，就算氣溫低到讓只帶一件薄外套的我冷到抖不停，看到那片金黃色稻田，藏不住的驚嘆化成「哇～」的一聲，更美的是那立於田間的舞台。沒有任何布置，只有深綠色山脈與多雲的天空映襯，就這樣，沒了！但那樣極簡的舞台卻比任何演唱會的設計都還令人難忘。

打頭陣的是桑布伊，我其實聽不懂原住民語，但桑布伊的歌聲超越語言隔閡，直撞心中。盧廣仲則是走俏皮風，讓現場觀眾的表情變得更加飛揚。最後輪到張震嶽上台時，雨下得更

池上藝術節：遠山與藍天映襯著白色舞台。

大，配上台灣東部特有的冬天特產 —— 東北季風，真的冷到牙齒好痠。

　　來自花蓮的張震嶽似乎感受不到寒意，就像真的在家裡後院唱歌一樣，穿著短褲短袖，斜背的包包裡還裝著一張悠遊卡，享受這樣的舞台，還有老天爺加碼的特效雨景，比起燈光絢爛或是造價千萬的舞台，每個表演者似乎都更輕鬆自在。

暫時放下左腦　將感動傳達給更多人

　　主持人曾寶儀迎賓時笑笑說：「希望大家能夠提早入場，因為這片風景也是我們的表演橋段之一。」比起之前採訪留心演唱會橋段何處埋哏，這次則希望在有限字數內傳遞那屬於現場的感動。那個時刻，我重新想起在完成第一次專訪之後，心中左思右想盡是那滿滿的感動要如何才能完整傳達。

　　採訪藝人，該問的問題還是只能硬著頭皮問，理性提問加上正確撰寫，這是左腦的運作。不過見到歌手在小巨蛋上載歌載舞；見到導演把想說的話轉化為影像搬上銀幕；見到演員利用幕與幕的轉換訴說人生悲歡，也許應該暫時放下左腦，多用些右腦，將感動以記者能做到的方式傳遞給更多人。

文學叢書 688

記者在現場

統籌策劃	張瑞昌
作　者	中央通訊社
責任編輯	林孟汝　胡琬瑜
文稿編輯	韓菁珊

總 編 輯	初安民
責任編輯	宋敏菁
美術編輯	黃昶憲

發 行 人	張書銘
出　版	**INK** 印刻文學生活雜誌出版股份有限公司
	新北市中和區建一路249號8樓
	電話：02-22281626
	傳真：02-22281598
	e-mail：ink.book@msa.hinet.net
網　址	舒讀網http://www.inksudu.com.tw

法律顧問	巨鼎博達法律事務所
	施竣中律師
總 代 理	成陽出版股份有限公司
	電話：03-3589000(代表號)
	傳真：03-3556521
郵政劃撥	19785090　印刻文學生活雜誌出版股份有限公司
印　刷	海王印刷事業股份有限公司

港澳總經銷	泛華發行代理有限公司
地　址	香港新界將軍澳工業邨駿昌街7號2樓
電　話	852-27982220
傳　真	852-27965471
網　址	www.gccd.com.hk

出版日期	2022年 9 月 1 日　初版
ISBN	978-986-387-605-2

定　價 **420** 元

國家圖書館出版品預行編目資料

記者在現場／中央通訊社 著.
-- 初版. -- 新北市：INK印刻文學, 2022.09
面；　公分. --（印刻文學；688）
ISBN 978-986-387-605-2（平裝）

1.記者　2.新聞報導

895.1　　　　　　　　　111011871